이 책은 아이가 나에게 선사해 준 가장 놀라운 일 중 하나다.

황다경

우리는 3인 4각으로 걷고 있다

추천하는 글

이보현 작가 _ 8

1부 울어야 하나, 웃어야 하나

내가 꿈꾸던 인생 2막 _ 12

기뻐할 수도, 슬퍼할 수도 _ 17

배가 불룩해질수록 나는 한없이 낮아졌다 _ 22

출산, 그까짓 거 _ 26

얼굴이 붉다 못해 검어지도록 우는 아이 _ 33

첫 외출 _ 38

위태롭게 서 있던 나를 잡아준 작은 움직임 _ 45

2부 봄과 함께 찾아온 아이

여기 서 사람 있습니다 _ 50

때가 되면 다 된다 _ 56

틀어진 양말 _ 65

한 사람의 몫 _ 71

아이들은 거울처럼 우리를 비춘다 _ 77

아이의 세계가 넓어진다 _ 82

뚱딴지같은 소리에 그만 _ 87

너는 너의 속도대로 걸으렴 _ 92

나는 오늘도 졌다 _ 99

다섯 살 형아 _ 105

3부 순수 그 자체, 사랑

너의 우산 _ 112

달님별님인사 _ 117

방긋 웃을 수 있는 이유 _ 122

영향력의 무게 _ 126

엄마는 온 우주를 사랑해요 _ 131

4부 조금 더 가까이

시시한 하루 _ 138

마음 그릇을 다시 만들 수 있다면 _ 141

우리는 한 팀이잖아 _ 146

소곤소곤 _ 152

우리 가족은 모두 여섯 _ 157

5부 작은 보폭으로 한 걸음 한 걸음

친구들아 미안하다 _ 163

고양이를 키워봤으니 아이도 _ 167

넓어진 세계 _ 173

이야기가 많아졌다 _ 178

최선을 다하면 힘들잖아 _ 182

시간이 뭐예요? _ 186

우리는 3인 4각으로 걷고 있다 _ 192

다시 꿈꾸는 인생 2막 _ 197

에필로그

너는 나의 깜짝 선물 _ 202

추천하는 글

올해 봄 독일 이민을 택했다.

십여 년의 해외 생활을 정리하고 한국으로 돌아가 4년을 지내고 한 결정이었다. 8년 가까이 독일 생활을 했던 나에게 이번 이민은 두 번째 독일 생활이다. 얼마 전 한 잡지사 인터뷰에서 기자는 물었다. '두 번째 해외 생활은 어떤 의미가 있을까요?' 그 질문을 받고선, 나는 바로 아이를 떠올렸다. 두 번째가 아니라, 첫 번째 해외 생활이 맞지 않을까. 세 살 아이와 함께하는, 엄마로서 선택한 첫 독일 생활. 남편과 독일 이민을 결정했을 때, 크게 고민하지 않았던 이유는 우리 부부의 옛 경험 때문이었다. 해봤으니깐.

기차 안이었다. 강의 들으러 가는 기차 안에서 황다경 작가의 원고를 받았다. 그날 하노버행 세 번째 기차 칸에서 웃고 우는 살짝 이상한 검은 머리의 외국인이 있었다면, 바로 나다. 읽는 내내 그 시간 한국에서 자고 있을 작가에게 전화를 걸고 싶어졌다. 한마디만 하고 끊어야지. '작가님, 우리가 처음이라서 그래요.' 전화를 걸 순 없었다. 아이를 애써 재우고 겨우 잠들었을 워킹맘의 모습을 알기에.

아이와 처음 독일에서 살아보니, 매일 울 날만 있다. 아침마다 독일유치원 앞에서 아이가 울고, 돌아서서 나도 운다. 하나부터 열까지 쉬운 건 없고 어렵고 해결하기 벅찬 일들만 있다. 옛 경험들은 오히려 독이다. 자신만만한 마음이 오만하게 느껴진다. 이미 독일살이 경험이 있으니 크게 어렵지 않을 거라 이민을 쉬이 선택했던 과거의 나를 수없이 원망해 왔다. 또 잠든 아이 옆에서 수많은 밤 미안하다고 말했다. 그러다 〈우리는 3인 4각으로 걷는다〉를 읽으면서, 나에게도 말하고 싶어졌다. 그래, 우린 다 처음이니깐.

공출판사에서 '누군가의 첫 책' 시리즈로 황다경 작가가 첫 책을 냈다. 엄마가 처음인 그가 써 내려간 이야기는 저마다의 처음처럼 풋풋하고 아슬아슬하며 설렌다. 처음이라 실수하고 먼 길로 돌아갈지라도 작가는 말한다. '우리는 3인 4각으로 걷는다. 우리는 한 팀이다.' 우리 처음은 늘 그렇듯 저마다 닮고 달라서 응원이 되기도 한다. 엄마의 첫 고군분투 글을 써낸 황다경 작가의 첫 독자가 되어 기쁘다. 이 첫 책이 첫 독자들을 만나서 응원받길 바라본다. 분명 당신들도 말하고 싶을 거다. 작가에게 그리고 당신에게. 우리가 처음이라서 그래요.

이보현 《나의 외국어, 당신의 모국어》, 《해외생활들》 저자

1부 울어이즈 하나, 웃어이즈 하나

내가 꿈꾸던 인생 2막

서른셋의 여름이었다.

자전거를 타고 퇴근하던 길, 귓가를 스치는 바람이 참 시원했다. 양옆으로 펼쳐진 초록의 논밭과 파란 하늘이 유난히 평화롭게 느껴졌다. 페달을 밟다가 문득 '수의사가 되어야겠다'라는 생각이 번뜩, 뇌리를 스쳤다.

20대에도 몇 차례 비슷한 생각을 한 적이 있다. 고등학생 때 왜 수의대에 갈 생각을 하지 않았을까 아쉬워하며 이미 지나가 버린, 놓친 기회라고 생각했을 뿐이었다. 20대 중반이 훌쩍 넘어 대학을 다시 간다는 건 말도 안 되는 일처럼 느껴졌다. 그런데 나이 서른셋, 그건 '말도 안 되는 일'이 아니었다. 눈앞의 풍경만큼이나 완벽한 계획이 머릿속에 그려졌다. 요리조리 손가락을 접어가며 계산해 보니 2년 정도 죽어라 공부해서 수의대에 가면 나이 마흔 정도에는 수의사가 될 수 있을 것 같았다. 아, 왜 진작 이런 생각을 못 했을까!

인생은 마흔부터라는데, 인생 2막은 수의사로 새 삶을 살면서 나이 들어가는 나의 반려묘들을 직접 돌보며 공식 캣맘으로 동네 길냥이들도 보살필 수 있을 거라 생각하니 절로 미소가 지어졌다.

사람에 치여, 관계에 얽혀 많이 지쳐있을 때였다. 머릿속에 새로운 꿈이 떠오르자, 나를 짓누르는 모든 것들로부터 자유로워지는 기분이 들었다. 어디든 갈 수 있을 것처럼 몸이 가벼워졌고, 무엇이든 할 수 있을 것처럼 마음이 활짝 열렸다. 나름 좋아하는 일을 하고 있었지만 큰 미련은 없었다. 곧장 고등학교 수학 교사로 재직 중인 한 친구에게 전화를 걸었다.

"나 수능 볼래."

황당해하면서도 요즘 수능 동향을 차근차근 알려주는 친구의 조언에 따라 일단 EBS를 교실 삼아 공부를 시작했다. 모르면 용감하다고 했던가, 슬쩍 수업을 들어보니 왠지 할 수 있을 것 같았다. 학교에 다닐 때도 공부는 꽤 잘하는 축에 들지 않았던가.

40대에는 수의사로 살겠다는 난데없는 선언에 남편은 박수를 쳤다. 자신은 내 동물병원의 '셔터맨'이 되겠단다. 친구들은 너무 잘 어울린다고, 할 수 있을 것 같다며 나를 부추겼다. 말릴 줄 알았던 친정엄마는 '이제 네 인생 네가 알아서 하라'며 슬그머니 발을 뺐다. 결혼할 때도 남편에게 '이제 이 녀석은 자네가 책임지라'며 '속이 다 시원하다'고 그러더니만.

그렇게 나는 나이 서른셋에 EBS 교재를 사들이며 늦깎이 수험생이 되었다. 늘 그런 식이었다. 뭔가에 꽂히면 앞뒤 재지 않고 불나방처럼 뛰어들었다. 근거 없는 자신감, 대책 없는 낙천성은 항상 나를 어딘가로 달려가게 했다.

퇴근하고 EBS 인터넷 강의 듣기를 수개월, 일을 그만둬야 하는데 쉽사리 결단을 내리지 못하는 나날이 이어졌다. 만약에 실패하면 어쩌나, 생계와 진로에 대한 걱정이 뒤늦게 따라왔다. 지금의 선택이 틀리지 않았다는 확신이 필요했다.

그때였다. 아주 용하다는 점쟁이 이야기가 운명처럼 내 귀에 들어왔다. 그 점쟁이는 찾아오는 사람들을 보고 눈에 보이는 것을 그림으로 그려 점을 친다고 했다.

"뭔가를 키우는 모습이 보여요."

그녀는 손에 쥔 연필로 희미한 선을 그리며 말했다. (지금 생각해 보면 그건 아무것도 아닌 그냥 선일 뿐이었다.)

"키워요? 설마 아이는 아니겠죠?"

"아이는 아니에요. 푸른 초원 같은 곳에서 뭔가를 키우고 있어요."

"야~ 제주에서 말을 키우나 봐!"

같이 간 친구들이 호들갑을 떨었다.

맞다. 내가 꿈꾸던 인생 2막은 저 푸른 초원 위에서 오갈 데 없는 동물들의 어머니가 되는 것이었다. '확실치는 않지만 지금 내가 계획하고 있는 것을 해도 될 것 같다'는 점쟁이의 말을 덥석 붙잡았다. 그 선은 하늘에서 나에게 내려준, 새로운 인생을 열어줄 희망의 동아줄이 틀림없다고 생각하면서.

기뻐할 수도, 슬퍼할 수도

그날따라 묘하게 이상했다.

생리 예정일이 3일이나 지난 날이었다. 괜히 애가 둘인 친구한테 전화를 걸어 임신으로 생리를 안 하면 어떤 느낌이냐고 얼토당토않은 질문을 하고선 그 핑계로 한참 동안 수다를 떨었다. 전화를 끊고 도서관 여기저기를 서성이다 가방을 챙겨 약국으로 향했다. 서른이 훌쩍 넘은 데다 결혼한 지도 꽤 됐는데 뭐라도 잘못한 사춘기 아이처럼 약사의 눈치를 살피며 임신테스트기를 사서 집으로 돌아왔다.

그날 밤, 남편과 나는 여느 때처럼 거실에 앉아 맥주한 캔과 함께 영화를 봤다. 그날 고른 영화는 애니메이션 〈업〉. 예전엔 몰랐는데 영화의 초반 5분이 얼마나 아름답고 슬프던지 캔 맥주를 한 손에 들고 엉엉 소리 내어 울고 말았다. 5분이라는 짧은 시간에 펼쳐지는 두 사람의 인생이, 어린 시절의 꿈과 점점 멀어져가는 두 사람의 삶이 마치 나의 것인 것만 같아 세상 서럽게 울었다. 가까스로 울음을 그치고 남편에게 말했다.

"잠깐 멈춰봐. 나 지금 테스트기 할래."

"아침에 해야 정확하다며?"

"몰라. 그래도 해볼래."

내 인생 전부가 마치 플라스틱 막대기 하나에 달린 것처럼 비장한 마음으로 화장실 문을 열었다. 내 인생은 앞으로 어떻게 될까. 상자에서 테스트기를 꺼내고, 설명서를 다시 확인하고, 잠시 생각했다. 내가 원하는 건 뭘까. 만약에 두 줄이면, 나는, 앞으로 어떻게 해야 할까.

도서관이 문을 여는 새벽 6시에 칼같이 도서관으로 출근하며 공부를 한 지 1년이 다 되어가는 즈음이었다. 이나이에 무슨. 그냥 포기하고 아이나 가질까. 이런 생각을 안 해본 건 아니었다. 모의고사를 망친 날이면 도망치는 심정으로 임신이라는 선택지를 떠올렸다. 하지만 정신을 차리고 나면 아직은 하고 싶은 게 많아서 아이를 맞이할 때는 아니란 생각이 나를 사로잡았다. 아무래도 아이를 갖는 건 일단 합격하면 그때 다시 생각해 볼 문제였다.

테스트기를 사용하는 건 비장한 마음과는 다르게 조금은 불편하고, 조금은 더러웠다. 뭔가 더 숭고하고 아름답게 테스트기를 사용하는 방법을 아는 사람이 있을지 모르겠지만, 적어도 나한텐 그랬다.

'두 줄이면 임신'을 머릿속으로 곱씹으며 테스트기를 노려보는데, 테스트기에 선명한 두 줄이 떠올랐다. 약사가 저녁에 하는 검사는 불확실할 수도 있다고 했는데 눈앞에 보이는 두 줄은 너무나 선명해서 의심할 수도, 외면할 수도 없었다.

"야! 빨리 나와! 나 그냥 영화 먼저 본다!"

남편이 소리쳤다.

어라, 두 줄이네. 이상하다. 왜 그렇지. 배란일이 표시되는 P-tracker 앱을 매달 꼼꼼히 기록하고 확인하며 철저하게 피임을 했는데. 멍했다.

울어야 하나, 웃어야 하나. 임신이라니.

언제 아이를 가질지는 늘 화두였다. 때로는 갖고 싶었고 때로는 전혀 원하지 않았다. 그 두 마음이 늘 부딪혀 미루고 미뤄 왔던 임신. 이렇게 갑작스럽게, 아무런 준비 없이, 나의 의지나 인생 계획과는 상관없이 찾아올 줄은 생각도 못 했다. 무슨 표정을 지어야 할지, 뭐라고 말해야 할지 모른 채 테스트기를 들고 밖으로 나갔다.

"이것 봐."

테스트기를 쳐다본 남편은 잠깐 멈칫하더니.

"야~ 오줌 묻어 있잖아! 아, 더러워!"

순간 웃음이 터져 나왔다. 뭐 이런 게 다 있지. 정말이지 영화 같은 순간은 없구나. 현실은 그냥 코미디다. 오줌이 묻은 테스트기를 들고 둘이서 한참을 쫓고 쫓기며 깔깔대다 자리에 털썩 주저앉았다. 뭘 어쩌면 좋을지 몰라 그냥 보던 영화를 이어 봤다.

"일단 병원에 가봐야겠지?"

"응, 내일 가보자."

풍선을 잔뜩 매단 칼 할아버지의 집이 둥실 떠올랐다.

"근데 어떻게 임신이 됐지?"

"난 모르지. 네가 괜찮다며."

"…."

칼 할아버지가 러셀의 유니폼에 엘리의 배지를 달아줬다.

"나 수능 볼 거야."

"그래, 봐."

아직도 나는 그때 그 순간의 감정에 어떤 이름표를 붙여줘야 할지 모르겠다. 한편으로는 절망스러웠고 한편으론 안도했으며, 한편으론 두려웠고 또 한편으론 기대도 되었다. 그날 나는, 그랬던 것 같다.

배가 불룩해질수록 나는 한없이 낮아졌다

아이는 아주 작은 점으로 나에게 찾아왔다. 콩알만 해진 작은 점은 곧 곰돌이 젤리같이 변하더니 이내 사람의 형체를 나타내기 시작했다. 내 안에 새로운 생명이 자란다는 사실을 받아들인 후, 간절하게 바란 것은 '제발 건강하게만 태어나라'였다.

요즘 출산 연령이 많이 높아져서 노산은 아니라고 하지만 37살의 나이가 아주 적은 건 아니었고, 산모의 나이가 많을수록 아이에게 장애가 있을 확률이 높다는 말이 뾰족한 돌부리처럼 솟아 자꾸 마음에 걸렸다.

혹시라도 태어날 아이에게 장애가 있으면 어쩌나 걱정하는 마음이 죄스러웠다. 고등학교 특수학급에서 미디어

교육 수업하면서 만났던 발달·지적장애를 가진 친구들이 떠올랐다. 조금씩 마음을 열고 자기표현을 하던 친구들의 변화에 흥분하던 내가, 나를 보면 무척이나 반가워해주던 그 아이들의 존재를 부정하는 것만 같아서, 이해한다고 생각했던 그 엄마들의 마음을 사실 전혀 헤아리지 못했던 것만 같아서 자꾸 숨고 싶었다.

"하나, 둘, 셋, 넷, 다섯. 오른손 손가락 다섯 개 다 있습니다. 하나, 둘, 셋, 넷, 다섯. 왼손도 손가락 다섯 개 다 있습니다."

"감사합니다."

태아에게 문제가 없는지 확인하기 위한 정밀 초음파를 진행하는 내내 잔뜩 긴장한 두 손을 꼭 쥐고 의사의 선포를 기다렸다. 침대에 누워 잘 분간도 되지 않는 깜장과 하양으로 이루어진 화면을 응시하다가 '정상입니다'라는 의사의 말에 감사하고 또 감사했다. 나의 손과 발에 붙어있는 열 손가락과 열 발가락, 내 얼굴에 당연하게 붙어있는 눈과 코와 입과 귀 같은 것들이 당연한 게 아닐 수 있다는 생각을 처음으로 해본 순간이었다.

임신 기간에는 주기적인 진료 이외에 몇 번의 검사가 이루어진다. 피검사를 통해 다운증후군 등의 장애 가능성을 감별해 보는 검사가 첫 관문이다. 여기에서 고위험군으로 나오면 양수검사나 니프티 검사와 같은 것을 권유받게 된다. 다행히 첫 관문은 무사통과했다. 두 번째 관문은 정밀 초음파로 목 투명대 길이를 재는데, 만약 너무 두꺼우면 다운증후군일 확률이 높다고 했다.

"태아 자세가 안 좋아서 투명대 길이 재기가 쉽지 않네요."

아이의 자세가 바뀌길 기다렸지만 아이는 잠이 들었는지 쉽사리 움직여주지 않았다. 애가 탔다. 자리에서 일어나 움직여보라고 해서 몇 걸음을 움직여도 보고, 좌로 누웠다 우로 누웠다 하며 아이가 움직이길 기다렸다.

"잠시만요. 이제 될 것 같아요."

불룩한 배 위에 다시 차가운 액체가 발리고, 뭉툭한 기계가 내 배 위에서 이리저리 움직이며 태아를 스캔했다. 가만히 누운 채 눈을 감았다. 종교도 없는 주제에 온갖 신들을 부르며 기도를 했다. 제발. 제발. 제발. 납작 엎드려

빌고 또 빌었다.

"투명대 길이 정상입니다."

긴장이 풀리며 온몸에 힘이 빠졌다. 엉거주춤 일어나서 앉는데 안도감과 미안함, 감사함이 뒤섞여 자꾸 눈앞이 아른거렸다. 저만치 있던 남편이 다가와 다독이듯 어깨에 손을 올렸다. 애써 참고 있던 눈물이 속수무책으로 터져나왔다.

아무런 문제 없이 평범하게, 건강하게 태어나는 것이 이렇게 간절한 일이라는 것을, 내가 그동안 누려온 것들이 당연한 일이 아니라는 것을 내 몸 안에 한 생명을 품어보니 비로소 알 것 같았다.

그냥 재미있게 사는 게 좋았던 나는, 그저 내 하고 싶은 것을 마음껏 하며 무서울 게 없었던 나는, 점점 더 낮아졌다. 배가 불러올수록 더욱더 낮아졌다. 그렇게 가장 낮아진 자리에서 조금씩 엄마가 될 준비를 했다.

출산, 그까짓 거

　우연히 '자연 출산'이라는 것을 알게 되었다.

　'자연 출산'은 말 그대로 어떤 인위적인 도움 없이 엄마와 아이가 가진 힘을 믿고, 자연스럽게 출산하는 것을 말한다. 기존의 자연'분만'에서 촉진제를 사용한다거나 회음부를 절개한다거나, 관장을 하는 모든 행위가 사실은 의료진이 중심이고, 자연 상태에서는 그런 외부의 개입 없이도 오랜 세월 동안 산모와 아이가 주체가 되어 출산이 이루어졌다고 한다. '자연 출산'에 대해 알게 된 순간 나에게 딱 맞는 옷을 발견한 느낌이었다. 다른 방식의 출산은 생각할 수 없을 만큼 '자연 출산'의 이론에 푹 빠져들었다. 아이와 나의 속도에 따라, 우리 둘만의 힘으로 가장 자연스럽게 만난다는 것이 더없이 아름답게 느껴졌다. 그때부터 자연 출산을 위한 긴 여정이 시작되었다.

자연 출산을 하기 위해서는 적정한 운동과 체중 관리가 필수여서 임신 기간 내내 매일 한 시간에서 두 시간씩 걷기 운동을 했다. 수험생을 가장한 백수라 가능했다. 임신 6개월 이후에는 유튜브를 보며 산모를 위한 유산소 운동과 근력 운동을 매일매일 했다. 유튜브 채널을 운영하는 트레이너도 나와 개월 수가 석 달 밖에 차이가 안 나는 임산부였고 그도 자연 출산으로 아이를 낳고 싶다고 했다. 이런 운명이 또 있을까. 임신 기간 내내 그를 롤 모델 삼아 열심히 운동했다.

새벽 6시에 일어나 도서관에 가고, 매일 직접 만든 밥과 반찬을 먹고, 규칙적으로 운동하던 그 몇 개월의 시간은 내 인생에서 가장 단순하고 건강했던 시간이었다. 임신 기간엔 육아에 대한 고민은 정말 1도 없이, 온통 '출산'에 대한 생각뿐이었다. '육아'가 뭔지 알았다면 임신 기간 내내 명상을 했을 거다.

출산 예정일이 다가와서 출산 가방을 쌀 때까지만 해

도, 아니 진통이 오기 직전까지만 해도 출산이 전혀 두렵지 않았다. 자연 출산 관련 책을 읽으며 탄생의 순간에 대한 환상을 있는대로 키워서일까 기대감에 부풀어 아이를 기다렸다. 아이를 낳으면 제일 먼저 나와 남편의 체온을 느끼게 해주고, 내 목소리를 들려주고 싶었다. 그러면 작고 작은 아이는 내 가슴팍에 안겨 새근새근 잠이 들겠지?

새벽 5시. 갑자기 누가 내 자궁을 쥐어짜기 시작했다. 악. 비명을 지르며 잠에서 깨어났다. 진통이었다. 분명 진통은 10분 간격으로 찾아온다고 했는데, 가진통 한 번 없이 바로 찾아온 진진통은 5분, 3분 간격으로 이어졌다. 남편에게 울며불며 도저히 차를 타고 조산원으로 갈 수 없으니 조산사 선생님을 오라고 하면 안 되냐고 아이처럼 떼를 썼다. 흔들리는 차 안에 몸을 실으면 그냥 죽을 것만 같았다. '자연스러움' 뒤에 숨어있던 엄청난 강도의 통증에 그제야 두려움이 물밀듯이 몰려왔다.

밤 11시, 머리가 보인다고 한 지 몇 시간이 지났는데 아이는 더 내려오지 않았고 진통의 강도는 이상하게 약해져만 갔다. 더 할 수 있다고, 어떻게 하면 되냐고 애원하는 나를 뒤로하고 조산사 선생님은 구급차를 호출했다. 구급차에 실려 인근 병원으로 후송되면서도 절대 수술은 하지 않을 거라고 말했지만 병원에서 내 의사 따위는 중요하지 않았다(내 의사를 고수하기에는 이미 늦은 시점이기도 했다). 병원 도착과 동시에 여러 명의 의료진이 일사불란하게 움직이며 나를 수술대에 눕혔다. TV에서나 보던 눈부시게 환한 원형의 조명이 눈앞에 매달려 있었다. 이게 아닌데, 이게 아닌데, 나랑 아이는 이렇게 만날 게 아닌데. 눈을 부릅뜨고 애꿎은 조명을 노려봤지만 곧 의식을 잃고 말았다.

정신을 차렸을 때 내 옆엔 아무도 없었다. 추웠고, 적막했고, 풍선처럼 부풀어있던 내 배는 푹 꺼져 있었다. 그동안 상상하고 그려왔던 아이가 태어나는 순간도, 아이가 세상을 향해 터뜨리는 첫울음도, 아이와 주고받는 따뜻한 체온도 모두 사라져 버렸다. 현실감이 하나도 없었다. 어쩌면 내가 임신을 한 사실이 모두 꿈이었을지도 모른단 생각마저 들었다. 저 멀리 굳게 닫혀있던 문이 열리고 남편의 실루엣이 보였다.

"아기는?"

"괜찮아."

꿈이 아니었다. 10개월간 품고 있던 아기는 나도 모르는 사이 세상에 나왔고, 내 손이 닿지 않는 곳 어딘가에 있었다. 믿을 수 없는 현실에 서러움이 밀려왔다.

하루아침에 임산부에서 환자가 된 것도 억울한데, 회진 시간에 담당 의사에게 단단히 혼이 났다. 위험할 뻔했다고, 무슨 생각으로 그랬냐고, 지금 애를 두 번 낳은 거나 마찬가지니까 몸 관리 잘하라며 담당 의사는 나와 남편을 볼 때마다 한숨을 쉬었다. 가장 속상한 건 나인데, 그런 마음을 몰라주는 의사 선생님이 야속했다.

자연 출산에 '실패'했다는 사실은 내내 나를 괴롭혔다. 고장 난 수도꼭지처럼 툭하면 눈물이 터져 나왔다. 출산 소식을 듣고 제주에서 황급히 올라온 친정엄마는 울긴 왜 우냐고, 애 낳고 울면 눈 나빠진다며 나를 채근했다. 엄마의 말에 애써 다른 생각을 해보려고 했지만 소용없었다. 계획대로 되지 않았단 사실이 분했고, 수개월간의 노력이 헛고생이 되어 억울했고, 아이에게 따뜻한 첫인사를 해주지 못해서 미안했다.

출산 3일째 되던 날에야 겨우 아이를 유리창 너머로 볼 수 있었고 4일째 되던 날 처음으로 아이를 내 손으로 안아볼 수 있었다. 눈도 제대로 뜨지 못하는 아이는 너무 작고 가볍고 가녀렸다. 배 속에 있던 아이가 눈앞에 보이는 이 아이라는 게 신기하고 낯설었다.

태어난 아이가 3일간 집중 치료실에 있었다는 사실을 안 건 그로부터 꽤 시간이 지난 후였다. 긴 시간 산도 어딘가에 걸려 내려오지 못했던 아이는 뱃속에서 태변을 먹었다고 했다. 자칫하면 위험할 뻔했고, 집중 관찰이 필요해 집중 치료실에 있었다고. 남편은 내가 걱정할까 봐 그 사실을 말하지 못했다. 수술실에 급하게 들어가는 내 뒤에 남아 여러 가지 각서에 서명을 했을 남편은, 혹시나 하는 불안함에 홀로 무서웠을 남편은 그래서 갓 태어난 아이의 사진도 찍지 못했던 것이다. 갓 태어난 아기 사진이 없다고 아쉬워할 줄만 알았지, 혼자서 그 모든 상황을 지켜보고 기다려야 했던 남편의 마음은 미처 헤아리지 못했다.

자연 출산에 실패했다는 속상함과 서러움은 결국 나의

욕망이었다는 걸 알았다. 그저 계획대로, 욕심대로 되지 않아 속상했다. 수능에 이어 출산마저 내 뜻대로 되지 않았다는 패배감, 자신만만하게 출산, 그까짓 거, 그냥 하면 되는 거라고 떠벌리고 다녔던 나에 대한 부끄러움에 사로잡혀 어쩌면 나보다 더 힘들었을 아이와 홀로 마음 졸였을 남편은 돌아보지 못했다.

　출산, '그까짓 거'는 단지 나만의 문제가 아니라 나와 남편 그리고 아이, 우리 모두의 일이라는 것을, 어떤 방식이든 아이를 건강하게 만날 수 있다는 사실 자체가 기적과도 같은 고마운 일이라는 것을 뒤늦게 깨달았다. 맞다. 나밖에 모르던, 이기적인 나는 그렇게 단단한 껍질을 한 겹 벗어내고 엄마가 되었다. 물론 그 한 겹 가지고는 어림도 없다는 걸 나중에 알았지만.

얼굴이 붉다 못해 검어지도록 우는 아이

봄과 함께 찾아온 아이에게 파릇파릇한 초록 풍경을 선물해 주고 싶어 커다란 화분 몇 개를 집에 들였다. 창으로 들어오는 따스한 햇살에 반짝이는 초록 이파리, 그 앞을 사뿐사뿐 걸어 다니는 고양이들을 보고 있으면 그렇게 평화로울 수가 없었다. 남편과 나의 첫 보금자리였던 작고 사랑스러운 집에 이제 곧 아이가 올 것이었다. 방긋방긋 웃는 아이와 고양이들이 함께 있는 풍경은 얼마나 아름다울까. 상상만으로도 행복해졌다.

병원과 산후조리원을 거쳐 약 3주 만에 아이를 데리고 집에 돌아온 날, 우리는 품 안의 아이에게 집안 곳곳을 소개해 주었다. 나름의 환영식을 끝내고 미리 준비해 둔 아기 침대에 작은 아기를 뉘었다. 아이는 침대 위에 달아둔 모빌을 가만히 응시했다. 모든 게 완벽했다. 그날 밤, 아이의 울음소리가 온 집안을 뒤흔들기 전까지는 정말 그랬다.

집에 온 첫날 밤, 아이는 밤새 울어댔다. 젖을 물려도, 기저귀를 갈아줘도, 품에 안고 다독여줘도 아이는 울음을 멈추지 않았다. 밤새 울며 보채던 아이는 새벽녘에야 남편의 가슴팍에 엎드린 채 잠이 들었다. 조리원에서는 아이가 유난히 잠을 못 잔다거나, 혹은 잘 못 먹는다거나 하는 이야기는 없었다. 조리원 신생아실에 누워있는 아이는 항상 자고 있었고, 한 시간씩 있었던 모자동실 시간에도 아이는 대부분 잠에 취해 있었다. 곤히 자는 아이는 하늘에서 내려온 천사처럼 예쁘기만 했다. 그런데 이게 도대체 무슨 조화란 말인가. 그때부터 말로만 듣던 진짜 육아 전쟁이 시작되었다.

초보 엄마 아빠는 아이가 우는 이유를 도통 알 수가 없었다. 배가 고픈가 싶어 젖을 물리면 뱉어내며 빽 소리를 질렀고, 기저귀가 젖었나 보면 기저귀는 보송보송했다. 아무리 안고 달래도 아이는 울음을 그치지 않았다. 아이의 우렁찬 울음소리에 고양이들은 커다란 눈을 더 동그랗게 뜨고 쳐다보다 구석에 숨기 바빴다. 아이의 날카로운 울음소리는 갈고리처럼 내 뒷덜미를 붙잡고 이리저리 잡아당겼지만 내가 할 수 있는 건 많지 않았다.

애가 계속 우는데 도대체 어떻게 해야 하냐는 나의 질문에 엄마는 '예부터 울다 죽는 애는 없다'고, 그냥 놔둬보라고 했지만 얼굴이 붉다 못해 검어질 때까지 우는 아이를 보면 덜컥 겁이 났다. 이러다 내 아이가 울다 죽는 최초의 아이가 되는 거 아니야. 이런 생각을 멈출 수가 없었다.

답답한 마음에 이런저런 검색어를 입력하다가 아이 울음소리를 번역해 주는 앱이 있다는 것을 알아냈다. 아주 오래전에 친한 언니가 사줬던 고양이 말 번역기가 떠올랐다. 몇 번 재미로 해보다가 금방 집어던져 버렸던 기억이 나긴 했지만 지푸라기건 뭐건 잡아야 했기에 앱을 다운받았다. 고양이 울음소리도 번역해 주는데 사람 울음소리는 더 낫지 않을까.

아이가 울면 부랴부랴 앱을 켰다. 앱은 아이의 울음소리를 분석해서 배가 고프다거나, 기저귀를 갈아야 한다거나, 배가 아프다는 결과를 보여줬다. 반신반의하며 썼던 앱은 처음 몇 번은 신기할 정도로 정확하게 아이의 울음을 해석해 주었다. 그런데 문제는 아이의 울음이 터지고 나서 재빠르게 앱을 실행하지 않으면 안 된다는 것. 핸드폰을 열고 앱을 실행해서 아이의 울음소리를 녹음하기까지 시간이 오래 걸리면 그사이 아이의 울음은 배고픔에 짜증과 불편함이 더 해져 '분석 불가'가 나오기 일쑤였다.

우는 아이 앞에서 핸드폰을 들고 우왕좌왕하기를 반복하다 거듭되는 '분석 불가'에 좌절해 결국은 앱을 삭제해 버렸다. 하긴, 복잡 미묘한 인간의 감정을 기계가 어떻게 다 읽어내겠는가. 대신 조금씩 아이 울음의 미묘한 차이와 패턴을 학습해 나가며 아이와 호흡을 맞춰 나가기 시작했다. 어떤 날은 환상의 팀처럼 호흡이 착착 맞았지만 번번이 헛발질하는 날이 더 많았다.

아이가 태어난 지 한 달을 막 넘긴, 아이를 낳고 처음 맞는 어버이날에는 아침 일찍 친정 엄마에게 전화를 걸어 너스레를 떨며 '어머님 은혜' 노래를 불렀다.

"낳으실 제 괴로움 다 잊으시고 기르실 제 밤낮으로 애

쓰는 마음 진자리 마른자리 갈아 뉘시며 손발이 다 닳도록 고생하시네"

　예전엔 그냥 흘려 부르던 그 노래의 가사가 어찌나 가슴에 콕콕 박히던지. 결국 목이 메어 노래를 부르다 말곤 "나 키우느라 고생 많았어요, 엄마" 하는데 또 울컥. 하여간 애 낳고 정말 청승이 늘어도 너무 늘었다.

　전화를 끊자마자 아이가 잠에서 깨어 울기 시작했다. 그래도 '어버이날'인데, 오늘만이라도 잠투정을 안 한다거나, 통잠을 잔다거나 하는 기적이 일어나길 바랐지만 속절없는 희망 사항이었다. 그날따라 유난히 더 많이 우는 아이를 안았다 눕혔다, 자지러지는 아이를 안고 이리 흔들, 저리 흔들 춤을 추다 결국 얼굴이 붉다 못해 검어지도록 우는 아이를 안고 나도 얼굴이 시뻘게져 함께 울었다.

　"그만 좀 울어라, 우주야. 왜 우는 거야, 도대체. 나보고 어쩌라고. 응?"

첫 외출

아이를 낳고 70일쯤 되었을 때였다.

친한 친구 한 명이 전화해선 하루 동안 자기 운전기사를 해줄 수 있겠냐고 물었다. 일이 너무 많아 바빠 죽겠다는 친구는 주말에 새벽부터 일어나 파주에 가서 수업하고, 곧바로 수원으로 가서 또 수업해야 한다고, 도저히 운전까지는 무리라고 우는소리를 했다.

아기랑 둘이 하루 종일 집에만 있으니 답답하다는 한숨 섞인 말을, 돈을 못 버니 괜히 주눅이 든다는 나의 풀죽은 말을 친구는 마음에 담아두고 있었다. 운전기사 일당도 줄 테니까 남편에게 하루만 아이를 맡겨놓고 나오라는, 혹여나 내가 미안해하지 않도록 일부러 자신의 '바쁨'과 '재력'을 과시하는 친구의 제안은 그래서 더 고맙고 다정했다.

아침 7시부터 저녁 8시까지의 하루 외출이지만 모유 수유를 하는 엄마가 아기 없이 그렇게 오랜 시간 외출을 하려면 준비할 것들이 많았다. 한 번도 써보지 않은 휴대용 유축기를 작동시켜보고 부품들을 모두 깨끗하게 씻었다. 원래도 책 한 권 들어갈까 말까 한 작고 예쁜 가방과는 거리가 먼 사람이지만 커다란 아이 기저귀 가방에 수유패드와 손수건, 빈 젖병과 휴대용 유축기를 넣는데 왠지 기분이 이상했다. 수유하다 보면 시시때때로 정체성에 혼란이 오곤 하는데 짐을 싸는 그 순간도 그랬다. 꾸역꾸역 노트북과 책 한 권을 챙겨 넣으니 가방은 더 볼품없어졌다. 그래도 친구가 수업하는 동안 가까운 카페에서 책도 보고, 웹 서핑도 할 생각에 기분은 한결 나아졌다. 하루 종일 제대로 씻지도 못한 채 아이의 침으로 범벅이 된 수유 티셔츠를 입고 어제가 오늘 같고 오늘이 어제 같은 하루를 보내던 내가 카페라니, 생각만 해도 우아해지는 것 같았다.

그렇게 아이 없이 처음으로 긴긴 외출을 했다. 뻥뻥 뚫린 자유로를 달리며 친구와 수다를 떠는데 얼마나 홀가분하던지, 마치 아이가 없던 때로 돌아간 것만 같았다. 친구가 수업하는 동안에는 건물 바로 옆 숲길을 산책했다. 아기 울음소리 대신 새소리를 들으며 그동안 연락하지 못했던 친구들에게 전화도 했다. 안부를 주고받고, 시시껄렁한 농담도 하고, 언젠가 보자는 기약 없는 약속을 하고. 그렇게 한참 동안 전화기를 붙잡고 있었는데도 나를 방해하는 것이 하나도 없다는 사실이 놀라웠다. 걷다가, 벤치에 앉았다가, 하늘을 바라봤다가, 다시 걷기를 반복했다. 조용했고, 여유로웠고, 자유로웠다. 아무것도 없이 그저 나 혼자 존재할 수 있는 시간이 얼마나 그리웠던가. 별것 아닌 사소한 순간에 감격하는 내 모습이 조금은 우습고 한편으론 서러우면서도, 그 순간이 더없이 소중하게 느껴지는 건 멈출 수 없었다. 두 번째 장소인 수원까지 가는 길은 조금 막히긴 했지만 그래도 힘들지 않았다. 그동안 몹시도 고팠던 대화를 볼이 아릴 정도로, 실컷 할 수 있었으니까.

운전기사 고용이란 명목으로 나를 문밖으로 끌어낸 친구는 나보다 한 살 많은 대학 선배다. 여전히 반말과 존댓

말을 섞어 쓰고 있지만, 언제부턴가 그냥 '친구'라고 지칭하는 게 더 자연스러워질 만큼 많은 시간을 함께했다. 20대 초반의 어느 겨울에 우리는 함께 인도를 여행했다. 연착되는 기차를 기다리느라 델리의 기차역에서 밤을 지새우면서, 별이 쏟아지는 사막 한가운데에 누워 별 하나에 먹고 싶은 음식들을 줄줄이 이야기하면서, 주머니 사정 때문에 매일 아침 사모사로 끼니를 때우면서 우리는 가까워졌다. 그 여행 중에 만난 한 친구와의 인연 덕에 그 후로 세 차례나 인도에 다시 가서 함께 프로젝트를 진행하기도 했다. 친구는 늘 새로운 일을 생각해냈고, 나는 일이 되게끔 했다. 졸업하고 공인된 백수였던 시절에는 할 일이 없어 늘 서로에게 전화했고, 아무런 목적 없이 만나고 헤어졌다. 내는 이력서마다 번번이 떨어지고, 어쩌다 면접을 보게 돼도 또 떨어지고 마는 자기 부정의 암울한 시기에 친구는 항상 나에게 큰 웃음을 선사해 줬다. (타고난 '스토리텔러'인 친구는 어떤 비극도 희극으로 만들어 버리는 재주를 가지고 있다.)

20대 초반, 짝사랑의 고민과 고달픈 연애의 속사정을

털어놓던 우리는, 시간이 지나고 하는 일이 조금씩 달라지면서 자주 엇갈리기 시작하다 이제는 완전히 다른 자리에 서 있게 되었다. 되고 싶었던 것은 아무것도 이루지 못한 채 그냥 한 아이의 엄마가 된 나는 항상 그가 부러웠다. 남편도 있고, 아이도 있는 내가 부럽다는 친구의 말은 나에게 아무런 힘이 되지 못했다.

친구 덕분에 하루의 자유를 만끽하다 문득, 단지 집 밖에 나온 것만으로 마냥 신이 나는 내 모습이 초라해졌다. 앞으로 쭉쭉 나아가는 친구와 몇 년째 제자리걸음을 하고 있는 나의 간극이 갈수록 커지는 것 같아 서글펐다. 내가 만약 계속 일을 했더라면, 만약 수의대에 합격했더라면, 그러면 좀 달랐을까. 그랬다면 적어도 내가 어떤 사람이고 어떤 일을 하며 살아가야 하는지에 대한 고민은 없지 않았을까. 어쩌면 지금과 다른 자리에 있다 해도 내가 갖지 못한 또 다른 무언가를 갈망하며 다른 누군가를 부러워했을지도 모른다. 사람은 원래 자기가 갖지 못한 것을 끊임없이 원하는 존재니까.

하나 마나 한 생각들 사이를 헤매다 남편과 아이가 있

는 내 삶이 부럽다는 친구의 말에 조금은 진심이 담겨있을 지도 모르겠다는 생각에 다다랐을 때 가슴이 찌릿하게 저려왔다. 아침에 일어나자마자 수유를 하고 나왔는데 그동안 서서히 차오른 젖이 한계치에 도달한 것이었다. 이상하리만치 한순간도 생각나지 않던 아이의 존재가 그제야 머릿속에 떠올랐다. 젖이 차오르지 않았다면, 가슴이 아프지 않았다면 아마도 집에 갈 때까지 아이 생각은 전혀 나지 않았을지도 모른다.

찌릿한 가슴 통증과 함께 다시 현실로 돌아왔다. 유축을 해야 했다. 기저귀 가방을 들고 카페 안 화장실에 들어갔다. 유축기를 사용하려면 콘센트가 필요했는데 카페 화장실에는 콘센트가 없었다. 게다가 유축을 하는 수 십분간 혼자서 화장실을 점유할 수는 없는 노릇이었다. 다른 곳을 찾아야 했다. 짐을 챙겨 친구가 강의하는 건물로 향했다. 주말이라서 건물의 많은 곳이 잠겨있는 통에 내가 갈 수 있는 곳은 많지 않았다. 가뜩이나 길치인 나는 커다란 건물의 여기저기를 헤매다 겨우 반지하에 위치한, 장애인 화장실을 찾아냈다. 유난히 어두운 불빛의 그곳에서 콘센트가 있어 다행이라 안도하며, 화장실 바닥 한구석에 가방을 깔고 앉아 유축을 했다. 모유 수유를 하는 엄마가 아기 없이 외출하려면 수유실이 있는 공간에 대한 정보가 꼭 필요하다는 뒤늦은 깨달음을 머릿속에 새기면서, 반지하 창문 밖으로 지나가는 사람들의 수많은 다리와 자전거 바퀴를 멍하니 쳐다보면서.

괜히 모유 수유를 해서 이런 귀찮은 일이 생긴 것 같아 잠시 단유에 대한 고민이 들었지만, 누군가는 모유 수유를 하고 싶어 한약도 지어 먹는데 배부른 소리를 하고 있구나, 싶었다. 모든 것은 정말 상대적이다. 우리는 왜 이렇게 쉽게 손에 쥔 것들은 하찮게 느끼고, 가질 수 없는 것만 애타게 원하는 걸까. 초라하게만 보이는 내 삶도 누군가는 간절하게 원하고 있는 것인지도 모른다.

더 이상 아이가 먹을 수 없는 모유를 세면대에 흘려보내고 남편에게 전화를 걸었다. 아이는 스피커폰으로 들려오는 내 목소리에 자꾸 고개를 돌린다고 했다. 하루 종일 보이지 않던 엄마의 목소리가 반가웠을까. 나도 아기가 보고 싶어졌다.

위태롭게 서 있던 나를 잡아준 작은 움직임

덥석.

아이를 안고 창가에 있는 화분을 보는데 갑자기 화분을 향해 손을 뻗었다. 제 의지대로 잘 움직이지 않는 아이의 손은 이파리를 꼭 붙잡은 채 허공에 멈춰 섰다. 세상에!

근래 들어 한참 동안 자기 손을 바라보고 두 손을 만지작거리고 빨고 하며 조금씩 손의 움직임에 의지가 실리는 것 같더니만 이렇게 팔을 뻗어 화분의 이파리를 움켜쥘 줄이야. 다른 사람들에게는 이게 대체 무슨 대단한 일인가 싶겠지만 나에게는 유레카를 외칠 만큼 엄청난 일이었다.

아이가 태어나고 100일 동안 거의 매일 집에만 있었다. 아기는 예뻤지만 아기가 주는 즐거움보다는 고단함이 더 컸다. 아기의 기저귀를 갈고, 씻기고, 먹이고, 재우고, 달래고 하는 단순한 일의 반복으로 하루하루는 바빴지만 시간은 더디게 흘렀고, 지루하긴 또 얼마나 지루한지 시간이 멈춰버린 것만 같았다. 끝이 보이지 않는 캄캄한 터널에서 혼자서 같은 자리를 빙빙 맴돌고 있는 것 같았다. 신생아 시기가 지나고 조금 정신이 들자, 어디선가 멈춰버린 시간에 대한 불안함과 두려움이 때때로 치고 올라와 나를 붙잡고 괴롭혔다. 꽤 자주 우울해졌고, 종종 아무 이유 없이 눈물이 나왔다.

시간이 멈춰 버렸다고, 나의 세계가 모두 닫혀 버렸다고 혼자 시름시름 앓던 내 옆에서 아이는 부지런히 자랐다. 생각해 보면 아이는 계속 자라고 있었는데 나만 상념에 빠져 그 자명한 사실을 인식하지 못했다. 아이가 화분을 향해 팔을 뻗는 그 순간, 아이가 자기 밖의 세상을 향해 팔을 뻗는 그 순간 내 안의 자명 시계가 뎅- 하고 울리는 것 같았다. 시간은 멈추지 않았다. 시간은 지치지 않고 꼬박꼬박 흘러가고 있었고, 아이의 세계도 조금씩 커져 가고 있었다.

손을 뻗기 시작한 아이는 그 후로 뭐든지 보기만 하면 손을 뻗었다. 엎드려 있는 아이 앞에 인형을 갖다 두면 팔을 뻗어 뭉툭한 손으로 더듬거렸고, 가만히 바라만 보던 고양이, 순이의 귀를 냉큼 붙잡아 순이를 당황하게 했다. 아이를 안아 올리려고 다가가면 내 머리카락을 붙잡고 놔주질 않아 비명을 지르게 만들고, 남편이 얼굴을 갖다 대면 남편의 광대뼈를 붙잡아 우릴 웃게 했다.

그뿐인가. 가만히 누워 천장만 바라보던 아이가 온 힘을 다해 옆으로 몸을 굴려 자기 몸을 뒤집기 시작하고, 앞으로 가고 싶은지 엉덩이를 봉긋 올리며 꿈틀대기 시작했다. 아이는 한시도 쉬지 않고 자기 주변을 눈으로, 손으로, 입으로 탐색하고 온몸으로 더 넓은 세계로 나가기 위한 준비를 했다. 그제야 아이가 자라는 모습이 눈에 들어왔다.

아이 덕분에 알게 된 것이 많다. 당연하게 느껴지던 몸의 움직임들이 완성되기까지 얼마나 많은 단계가 필요했는지, 그 과정에서 얼마나 많은 연습과 실패가 있었는지, 그 시간마다 얼마나 많은 사랑과 격려가 있었는지 그 전엔 미처 알지 못했다.

집에서 아이를 키우는 내가 한없이 초라하고, 하루하루가 하찮게 느껴지던 그때, 아이의 작은 움직임이 고단한 하루 끝에 위태롭게 서 있던 나를 단단히 잡아 주었다.

2부 봄과 함께 찾아온 아이

여기 새 사람 왔습니다

아이를 데리고 어딘가에 가는 건 꽤 긴장되는 일이다. 지금도 그렇지만 아이가 어렸을 때는 더욱더 그랬다. 특히 아이를 데리고 혼자서 외출해야 할 때 느껴지는 불안감은 긴장보다 공포에 가까웠다. 혹시라도 공공장소에서 아이가 크게 울거나, 아무리 달래도 울음을 그치지 않거나, 아이가 소리 지르고 땅바닥에서 구르며 떼를 쓴다면? 일어날 수 있는 최악의 상황을 머릿속으로 그려보고 어떻게 대처할지 시나리오를 써보다가 한숨 쉬며 외출을 포기했던 순간이 얼마나 많은지 모른다. (혼자서 씩씩하게 아이를 데리고 다니는 엄마들 정말 존경합니다.)

그런 내가 태어난 지 5개월이 된 아이를 데리고 혼자

제주행 비행기를 타게 되었다. 그것도 처음으로. 비행기 안에서 발생할 수 있는 모든 상황을 그려보았다. 무서웠다. 초보 엄마에게 아이의 울음만큼 무서운 건 없다. 하지만 그것보다 무서운 건 몇 주째 계속되는 독박 육아였던지라, 몇 날 며칠을 고민한 끝에 아이를 데리고 제주에 있는 친정에 가기로 했다.

인터넷으로 경험자들의 글을 찾아보고 몇 가지 팁을 숙지한 후 아이 수유 시간에 맞춰 비행기를 예약했다. 사람들로 가득 찬, 중간 정거장도 없는 비행기 안이지만 아이가 먹고 잠들기만 한다면 모든 게 괜찮을 것 같았다. 한 손엔 캐리어를 끌고, 등에는 기저귀를 비롯하여 온갖 아이 용품으로 가득한 가방을 메고, 가슴에는 아기 띠로 아이를 안고 김포공항으로 갔다. 집에서 김포공항까지는 지하철로 두 정거장. 10분이면 갈 수 있었다. 다행히 아이는 처음 타보는 지하철을 신기해하며, 낯선 사람들을 향해 방긋방긋 웃으며 첫 여행길을 마음껏 즐겼다. 순조로운 시작이었다.

탑승수속을 밟고, 아이 동반 패스트 트랙을 이용해 재

빠르게 탑승장 안으로 들어갔다. 아이와 창밖으로 보이는 비행기들을 구경하고, 수유실에 들러 기저귀도 갈았다. 아기 띠에 갇혀있던 아이를 소파에 내려주자 새로운 곳을 탐색하느라 정신이 없었다. 모든 게 완벽했다.

사람들의 다정한 눈길과 관심에 연신 방긋거리는 아이를 안고 무사히 비행기에 탑승했다. 이륙 안내 방송이 나오자 미리 준비한 젖병을 꺼냈다. 아이를 안은 채로 보온병 안의 따뜻한 물을 젖병에 담고 비장하게 섞어 주었다. 한 시간의 비행 동안 아이를 잠재워 줄 내가 가진 유일한 비기였다. 먹고 잘 잠들기만 하면 단둘만의 첫 비행은 성공할 터였다. 그러나 역시 성공의 기쁨은 그렇게 쉽게 누릴 수 있는 게 아니었다. 200ml 분유를 꿀꺽꿀꺽 다 들이켠 아이는 잠을 자는 대신 칭얼대기 시작했다. 비행기가 뜨고 난 후 결국 자리에서 일어나 사람들이 빼곡하게 앉은 좌석들 사이로 난 통로를 걸어야만 했다. 사방을 두리번거리며 구경하던 아이는 복도의 한쪽 끝에서 다른 쪽 끝을 서너 번 왕복할 즈음에야 겨우 잠이 들었다.

착륙까지는 약 30분. 도착할 때까지 제발 깨지 않기를 바라며 엉거주춤한 자세로 앉아있는데, 그 시간이 지구 반대편에 가는 것보다 더 길게 느껴졌다. 나도 모르게 까무룩 잠이 들락 말락 한순간, 착륙 안내방송이 나오고 비행기가 흔들거리기 시작했다. 아이의 짧은 울음소리와 함께 정신이 번쩍 들었다. 맙소사. 고지가 코앞인데. 열심히 달래보았지만 칭얼거림은 멈추지 않고 울음으로 바꾸려고 했다. 일어나서 걷지도 못하는 상황에서 얼굴이 벌겋게 달아올라 쩔쩔매고 있는데, 옆좌석 아주머니가 우주에게 말을 건넸다.

"아가, 이거 봐라."

아주머니는 손에 든 작은 책자를 흔들더니 조금씩 접었다 폈다 하며 아이의 시선을 사로잡았다.

"어머, 이게 이렇게 짧아졌네?"

"이건 무슨 소리지? 이상한 소리가 나네?"

칭얼거리던 아이는 눈앞에서 모양이 변하는 종이의 움직임과 바스락거리는 소리에 빠져들어 금세 기분이 좋아졌다. 아주머니는 큰소리 하나 내지 않고 달랑 종이 한 장으로 아이를 웃게 했다. 그 사이 우리가 탄 비행기는 제주공항에 도착했다.

　가끔 지하철 안에서 아이 울음소리가 들릴 때가 있다. 아이의 울음을 멈추지 못하는 엄마, 아빠에게 채근하는 눈빛을 보냈던 지난날의 나는 엄마가 되고 달라졌다. 이제는 우는 아이 때문에 당황스럽고 곤혹스러울 엄마, 아빠의 마음이 먼저 보인다. 아이는 또 무엇이 불편해 저리 울까, 안쓰러운 마음마저 든다. 비행기 안에서 칭얼대는 아이에게 아무렇지도 않게 손을 내밀어 주었던 그 아주머니처럼, 혹시라도 내가 해줄 수 있는 건 없을지 살펴보지만 대부분은 황급히 스마트폰을 꺼내어 아이에게 쥐여주는 걸 보게 된다. 아직 어린 아이들이 불편함이나 답답함에 칭얼대거나 우는 건 당연할 수 있다. 공공예절을 아직 익히지 못했거나, 알더라도 참을성이 충분히 길러지지 않은 아이들의 소란스러움 역시 아이니까 어쩔 수 없는 것이다. (공공장소에서 큰 소리를 내며 말하는 어른들은 또 얼마나 많은가!) 조금은 불편하더라도, 아이들이 자연스럽게 세상과 어우러져 자라날 수 있도록 먼저 어른이 된 이들이 넉넉한 마음으로 기다려 줄 수 있다면 얼마나 좋을까. 그러면 아이들의 시선이 작은 스마트폰 화면보다 더 큰 세상을 향할 수 있을 텐데.

제주도 친정에서 한 달 정도 머물며 재래시장에 간 적이 있다. 한 상인 아주머니께서는 아이를 보더니 "아이고, 새 사람이 왔네! 새 사람이 왔어!" 소리를 지르며 우리 앞으로 뛰어왔다. 그리곤 앞치마를 뒤적여 천 원짜리 한 장을 꺼내 아이에게 쥐여주셨다.

새 사람. 처음 들어본 그 표현이 너무 좋아 몇 번을 되뇌어 봤다. 새 사람. 이 세상에 새로 온 사람일까. 아니면 모든 게 새로운 사람일까. 무엇이 되었건 이 세상의 수많은 '새 사람'들에게 더 많은 호의가 있길 바라본다.

때가 되면 다 된다

아침에 일어나서 화장실에 갔는데, 아뿔싸! 문 잠그는 걸 깜빡했다. 아니나 다를까 곧 아이가 문을 빼꼼 열더니 들어와선 내 손을 잡는다.

"엄마 내가 손잡아 줄게에~쉬이~"

"하. 하. 하. 고마워, 우주야...."

아이는 한참을 내 손을 잡은 채 빤히 나를 바라보다가 갑자기 손을 휙 놓고 나가며 쿨하게 말했다.

"이제 엄마 혼자 해봐!"

뭐지, 이건. 26개월 된 아이한테 완전히 놀아난 것 같은 이 찝찝한 기분을 어떻게 설명하면 좋을까. 기분이야 그렇다 치고 조용히 볼일 볼 자유마저 빼앗긴 내 신세가 처량했다. 아기 띠에 안겨 잠이든 아이를 깨우지 않으려고 아이를 안은 채 어정쩡한 자세로 볼일을 보던 건 그나마 나은 거였다. 이제 아이는 시도 때도 없이 나를 졸졸 쫓아다니고, 화장실 문도 못 닫게 하는 건 물론이거니와 내가 볼일을 보면 자기가 물을 내리겠다고 근위병처럼 옆을 지키고 서 있다.

"정말 지독한 사랑이다."

화장실 문 앞에서 내가 나올 때까지 지키고 앉아있는 우주를 보며 남편이 하는 말이다. 정말 이놈의 사랑이 지독하긴 지독하다. 먹고, 싸고, 자고 하는 일에 도무지 경계가 없다. 아이는 나의 가장 사적인 공간에 불쑥불쑥 들어오고, 나 역시 아이의 가장 사적인 영역에 관여할 수밖에 없다.

아이가 태어나기 전에는 내가 이렇게까지 타인의 배변 활동에 지대한 관심을 두게 될 줄은 상상도 못 했다. 신생아 때부터 아기의 배변 형태와 횟수는 중요한 이슈였고, 혹여나 엉덩이가 짓무르거나 발진이 나진 않았는지 늘 꼼꼼히 살펴야 했다. 아이가 응가를 하면 물로 씻겨야 하니 손에 응가가 묻는 건 기본이고, 기저귀를 갈아줘야 하니 원하든 원하지 않든 아이의 배변 상태를 늘 알 수밖에 없었다. 눈과 코, 손에 때로는 귀까지, 내 모든 감각이 동원됐다.

한번은 아이를 안고 수유하는 도중 아이가 응가를 하는 바람에 이러지도 저러지도 못하고 진땀을 뻘뻘 흘렸던 적이 있는데, 아이 키우는 일이 딱 그런 것 같다. 인간의 가장 원초적인 욕구 그리고 걸러지지 않은 감정과 뒤섞여 뒹구는 일. 그게 딱 육아 아닐까. 아무튼 기저귀만 떼면 좀 나을 것 같았다. 기저귀를 떼면 아이와 내가 서로에게서 좀 독립할 수 있을 것 같았다. 서로의 내밀한 곳에서 이제는 좀 멀어질 때도 되지 않았는가. 게다가 기저귀를 떼면 많은 것이 편해질 게 분명했다. 외출할 때 기저귀를 챙기지 않아도 되고, 축축하게 젖은 기저귀를 벗지 않겠다고 도망 다니는 아이와 실랑이할 일도 없을 것이고, 변기에서 모든 게 해결되니 뒤처리도 아주 깔끔할 것이다. 점점 더 무거워지는 아이를 들어 올려 엉덩이를 씻기느라 팔이 빠질 것 같았는데, 상상만 해도 어깨가 가벼워지는 기분이었다. 그래서 배변 훈련용 아기 변기를 조금 일찍 사줬다. 엄마, 아빠를 따라 변기에 앉아보고 싶어 했고 뭔가 마렵다거나, 기저귀가 젖었다는 의사를 꽤 빨리 표시했다. 두 돌이 지나서 조금씩 말로 의사 표현도 가능해서 한 번 연습을 시켜봐야겠다고 생각했다. 그러나 보기 좋게 실패했다.

자기가 원할 때 변기에 앉는 건 재미있어했는데, 평소 패턴에 맞춰 이제 소변이 좀 마렵겠다 싶어서 쉬야를 누자고 하면 극렬히 거부했다. 멋모를 때 몇 번 변기에 쉬하는 걸 성공하긴 했지만, 자꾸 반복되는 엄마의 '쉬야 하자' 소리에 아이는 변기를 거부하기 시작했고 아직 때가 아닌가 보다 싶어 바로 그만두었다. 30개월 정도 되었을 무렵, 어린이집에서 슬슬 배변 훈련을 시작해도 되겠다는 연락이 왔다. 집에서는 기저귀를 거부해서 기저귀를 벗겨 놓긴 했지만 변기 사용을 강제하진 않았다. 자기가 달려가서 변기를 사용하면 박수를 쳐주고, 옷에 실수하면 괜찮다고 말해줬다. 그래도 확률은 꽤 높은 편이어서 어린이집과 훈련을 병행하면 금방 뗄 수 있을 거라고 생각했다. 하지만 또 실패했다. 아무래도 강제성 때문인 것 같았다.

어린이집에서 하는 배변 훈련은 아이의 생리현상과 상관없이 어른의 판단에 의해 정해진 시간에 화장실에 가는 거다. 어른도 몇 시간 동안 화장실에 갈 수 없을 때 신호와 상관없이 미리 화장실에 가기도 하지만 그 역시 스스로 하는 판단이다.

우주는 소변을 억지로 참는 방식으로 어린이집에서 쉬야 하는 걸 거부했다. 결국 어린이집 선생님은 아이의 건강에 좋지 않을 것 같다고 다시 기저귀를 하자고 했다. 쉬야가 마려울 때 자유롭게 달려가서 소변을 볼 수 있게 해 달라고 하고 싶었지만, 실수했을 때 어린이집 선생님이 감당해야 하는 뒤처리를 생각하면 차마 그런 부탁을 할 수는 없었다.

결국 시간이 해결해 줄 거라 믿고 기다려 보기로 했지만, 마음이 편한 건 아니었다. 세 돌이 다가오는, 말도 잘하는 애가 아직도 기저귀를 못 뗀다는 게 왠지 초조했다. 친정 엄마로부터 기저귀 뗄 시기를 놓치면 더 떼기 어렵다는 말을 듣고 조바심이 나기도 했다. 심리적인 문제일까. 언제까지 기다려야 할까. 다른 애들은 어떻게 했을지 궁금해 주변의 엄마들에게 배변 훈련에 대해 묻고 또 물었지만 뾰족한 수는 나오지 않았다.

만 35개월을 꽉 채운 어느 날. 아이는 갑자기 '쉬~~~'를 외치며 변기에 가서 볼일을 보더니, 놀다가도 자기가 알아서 '쉬~~~'를 외치며 변기로 달려가 바지를 내렸다. 어린이집 새 학기 시작 전, 1주일간 집에서 지내던 중이라 부담 없이 기저귀를 채우지 않고 알아서 하게 내버려 두었더니 스스로 쉬야를 가리게 된 거다. 기쁨과 놀라움도 잠시, 이제 다시 어린이집 등원인데 가서도 잘할 수 있을지 걱정이 되었다. 새 학기가 되면서 새로운 어린이집에 가게 된 터라 더 그랬다.

새 담임 선생님에게 아이의 배변 훈련 과정에 대한 긴 긴 이야기를 털어놓았다. 초면에 나누는 대화가 아이의 쉬야와 응가에 대한 진지한 고찰이라니. 아이의 배변 훈련 실패담과 아이의 성향, 쉬야 패턴에 대해 이야기하고 나오는데 피식 웃음이 나왔다.

등원 셋째 날 어린이집에서 연락이 왔다. 선생님은 아이에게 최대한 쉬야하자는 말을 하지 않고 기다려 주었다고 했다. 그런데 그날은 낮잠 자고 일어나서까지 화장실 한 번 가지 않은 게 걱정되어 화장실로 데리고 갔고 계속 쉬야가 마렵지 않다는 아이에게 선생님은 일부러 아이의 옷 색깔을 물어봤다. 선생님의 질문에 자기 옷을 쳐다보며 대답하던 아이는 자기도 모르게 쉬야를 했다고. 문제는 그 다음이었다. 아이는 눈물을 글썽이며 선생님에게 그랬단 다. "우주는 쉬야 안 하고 싶었어요."라고. 아이가 어린이 집에서 소변을 참는 이유가 무엇일까. 걱정이 이만저만이 아니었다. 아이가 예민한 편인 건 알고 있었지만 이게 이 럴 일인가 싶었다. 남편에게 우주의 일을 이야기하니,

"난 우주 마음 알 것 같아. 나 초등학교 처음 입학했을 때 화장실 가는 거 정말 싫었거든. 남자 화장실은 다 개방 되어 있잖아. 다른 사람이 바로 옆에 있고. 난 그게 정말 너무 싫었어. 우주도 다른 사람이 보는 게 싫었던 거야."

아이들은 크면서 단계별로 발달 과업이 주어진다. 목 을 가누고, 기고, 앉고, 걷기와 같이 대근육을 사용하는 것 부터 손가락으로 물건을 집고, 던지고, 구멍에 넣고 하는 소근육을 사용하는 것, 그리고 옹알이를 시작으로 말을 하

기까지 모든 과정을 거쳐야 한다. 태어나서 옆으로 고개를 돌리는 것조차 할 수 없던 아이가 조금씩 자신의 몸을 통제해나가는 모습을 지켜보는 건 꽤나 극적이고 놀라운 일이다. 아이가 새로운 능력을 하나하나 획득할 때마다 나와 남편은 탄성을 지르고 박수를 쳤다. 아이도 때로는 스스로 매우 뿌듯해하는 표정을 지으며 자신의 능력을 과시했다. 하지만 기저귀를 떼는 건 당사자에게나 양육자에게나 상당히 까다롭고 어려운 과업이었다. 다른 과업들과는 달리 배변의 문제는 수치심과 민망함을 동반한다는 사실을, 그리고 아이에게도 수치심이 있다는 것을 우주의 배변 훈련을 시작하면서 알게 되었다.

시간이 흘러 이제는 어린이집에서 편안하게 소변을 볼 수 있게 되었지만 응가는 여전히 참고 있고, 아이에게 익숙한 공간이 아닌 곳에서 거사를 치르기까지는 더 시간이 걸릴 것 같다. 그리고 아이는 여전히 나의 아주 사적인 시간을 공유하고 있다. 이것 역시 꽤 긴 시간이 걸릴 것 같다. 그래도 다행인 건 결국 시간이 해결해 주리라는 걸 이제는 안다. 만 3년의 육아 끝에 확실하게 배운 건 이거다.

때가 되면 다 된다.

틀어진 양말

"혼자 할 수 있어. 도와주지 마."

만 31개월이 된 우주가 요즘 가장 많이 하는 말이다. 며칠 전엔 혼자 바지를 입겠다고 바지를 붙들고 한참을 낑낑대다 정말 바지를 혼자 입었다. 아이가 혼자 바지를 입는 건 쉬운 일이 아니다. 두 손으로 바지통을 벌리고 한 다리를 든 상태로 바지통과 다리의 각도를 잘 맞춰 그 안에 다리를 집어넣는 건 정말이지 엄청난 도전이다. 무게 중심을 잘 잡지 않으면 옆으로, 뒤로 휘청휘청, 금방이라도 넘어질 것처럼 위태롭다. 혼자 바지를 입겠다고 입을 동그랗게 오므리고 집중하는 모습을 지켜보다 보면 나도 모르게 움찔움찔한다. 넘어질 것 같은 아이를 잡아주고 싶고,

틀어진 바지 방향을 바로 해주고 싶지만 참는다. 두 다리를 가까스로 바지에 다 집어넣은 걸 보고 '이제 됐구나' 했는데, 그게 끝이 아니었다. 바지를 허리춤으로 끌어올리는 어려운 동작이 남았다. 아이는 고난도의 일을 혼자 해냈다.

처음으로 혼자 바지를 입은 아이의 얼굴에는 만족감과 자신감이 가득했다. 의기양양, 뿌듯해하는 아이를 보며 나역시 호들갑을 떨며 박수 쳐주었다. 새로운 능력을 하나씩 획득해가며 성장하는 아이를 보는 건 정말 행복한 일이다. 앞으로도 아이가 혼자 해낼 수 있도록 기다려 주는 엄마가 되고 싶다. 우주의 머리를 쓱쓱 해주며, 나에게도 잘 기다렸다고 쓱쓱 해준다. '그래, 난 꽤 괜찮은 엄마야.' 하면서. 하지만 '꽤 괜찮은 엄마' 모드를 유지하기란 쉽지 않다. 아이의 행동은 대체로 종잡을 수 없고, 나는 사실 그렇게 괜찮은 엄마가 아니다.

연말연시, 공휴일과 휴가 사용으로 5일 내내 쉬다가 오랜만에 출근하는 아침이었다. 나도, 아이도 쉬는 내내 늦잠을 자는 습관이 들어 지난밤부터 바싹 긴장을 한 터였다. 일찍 일어나야 한다, 엄마가 일을 하러 가는 날이다, 늦으면 안 된다, 이 말을 몇 번을 했는지 모르겠다.

7시. 눈을 떴지만 따뜻한 이불 밖으로 나가기가 쉽지 않다.

7시 30분. 일어나려고 했지만 내 손을 꼭 잡고 내 품에 파고들어 자는 아이를 차마 떼어낼 수가 없다.

8시. 이제 더 이상 선택의 여지가 없다. 내 한쪽 손을 꼭 쥐고 자고 있는 아이의 손을 살며시 빼내고 일어났다. 머리를 감는데 역시나 아이의 우는 소리가 점점 가까워져 온다.

아이는 어쩌다 기분 좋게 푹 자고 일어난 날이 아니고는 잠에서 깼을 때 내가 옆에 없으면 늘 운다. 달래서 그냥 울음을 그치면 그나마 다행인데, 대부분은 기분 나쁜 감정이 계속 이어져 생떼를 쓰기 일쑤다. 울면서 일어난 우주는 앉아서 머리를 감는 내 등에 기대어 더 자겠다고 소리를 지르기 시작했다. 그러고는 눈이 부시니 불을 끄라고 고래고래, 내가 머리를 다 감았다고 하니 머리를 계속 감으라고 고래고래, 드라이기를 들었더니 머리를 말리지 말라고 또 고래고래. 자기 통제를 벗어난 상황에 대한 분노를 어찌할지 모른 채 계속 울고불고 화를 쏟아냈다. 하루가 시작된 지 30분도 채 되지 않아 나는 탈수기에 한 번 들어갔다 나온 것처럼 진이 다 빠져버렸다. 같이 소리를 지르고 싶은 마음이 불쑥불쑥 비집고 나왔지만 꾹 참았다. 소리를 질러봤자 상황은 더 나빠질 게 뻔했다. 침대 위에서 책을 보겠다는 아이를 안고 침대로 갔다. 어떤 책을 가지고 와야 하는지 알려주며 떼를 쓰는 걸 그냥 다 받아주었다. 한참 동안 책을 읽어주다 보니 아이의 기분도 조금은 나아졌다. 때마침 맞춰 놓은 알람이 울렸다.

"우주야, 이제 나가서 빵 먹을까? 시계가 이제 밥 먹고 나갈 준비하라고 울리네."

식탁에 나란히 앉아 기분 좋게 빵과 사과를 먹었다. 하지만 마음은 점점 조급해졌다. 알람이 또 울렸다. 이제 옷을 입고 나가야 할 시간인데 아이는 남은 사과를 다 먹어야겠다며 움직이질 않는다.

"우주야, 이제 옷 입자! 안 그러면 늦어. 엄마 먼저 옷 입고 올게!"

옷을 입고 왔더니 아이는 아직도 책을 보며 사과를 집어 먹고 있다. 그 상태로 그냥 옷을 입히려고 바지를 벗기는데 언제 싼 건지 구수한 냄새가 난다. 맙소사. 지각이다. 서둘러 씻기고 옷을 입히고 양말을 신기는데 아이가 갑자기 한 쪽 양말을 벗어 던지며 버럭 화를 낸다.

"우주가 혼자 신을 수 있는데!"

신겨주겠다고 해 봤자 말을 들을 애가 아니다. 화가 났다. 결국 소리를 지르고 말았다.

"엄마 늦었다니까!! 그럼 네가 빨리 신어!"

지하철 시간표를 다시 확인하며 짐을 챙겼다. 지각으로 민망해질 상황이 머릿속에 그려지자 또 화가 났다. 도대체 쟤는 왜 저러는 걸까. 진짜 이럴 땐 미워 죽겠다. 준비를 마치고 잔뜩 굳은 얼굴로 아이에게 갔더니 언제 짜증이 났었냐는 듯, 활짝 웃으며 나에게 자기 발을 보여준다.

"양말 신었어요! 혼자서도 잘 신죠?"

정말 혼자서 양말을 신었다. 처음으로 혼자서 양말을 신은 거다. 비록 한 쪽은 봉제선 방향이 틀어져 있었지만. 내심 놀랍기도 하고 기특하기도 했지만 화를 풀 기분이 아니었다. 조금 전까지 버럭버럭 소리를 지르던 녀석이 언제 그랬냐는 듯 해맑게 웃는 것도 나에겐 못마땅한 일이었다.

"그래, 잘 신었네."

무표정한 얼굴로 차갑게 한마디 해주고 아이의 손을 잡아끌어 부랴부랴 어린이집에 보냈다. 잰걸음으로 지하철역을 향해 가는데 아이의 틀어진 양말 한 쪽이 계속 머릿속에 떠올랐다. 봉제선이 틀어져 불편했을 아이의 발 생각에 출근길 내내 마음이 불편했다. 아직 시간 개념이 없는 아이는 내 초조함을 이해할 수 없는데, 아이한테 소리를 지르나 안 지르나 크게 달라지는 건 없었을 텐데, 아이는 그냥 혼자 양말이 신고 싶었을 뿐이었을 텐데. 자기 마음대로 되지 않는다고 화를 내는 아이나, 내 상황에 맞게 아이가 움직여 주지 않는다고 화를 내는 나나 뭐가 다를까 싶어 한숨이 나왔다. 휴, 나는 언제쯤 진짜 '괜찮은 엄마'가 될 수 있을까. 오늘도 나는 아이한테 걸려 넘어지고 말았다.

한 사람의 몫

"이야, 우주가 혼자 한 거야? 정말로? 진짜 대단하다!"

아이는 눈을 살짝 내리깔고 턱을 치켜든 채 어깨를 으쓱하며 나를 쳐다본다. 만화 주인공이 아니고선 지을 수 없을 것 같은, '나 대단하지'라고 있는 대로 뽐을 내는, 겸손이라고는 찾아보려야 찾아볼 수 없는 그런 표정이다.

세 돌이 지난 아이는 요즘 무엇이든 혼자 하려고 하고 실제 상당히 많은 것들을 혼자서 할 수 있게 되었다. 처음엔 내가 보는 앞에서 낑낑대며 혼자 옷을 입더니 어느 순간 나보고 눈을 감으라고 하고선 내가 골라준 옷을 입었다. 아마 나를 놀라게 하고 싶었던 모양이다. 어느 날은 그것만으로는 만족스럽지 않았는지 씻고 나오자마자 '엄마는 저리 가라'며 나를 방에서 내쫓았다. 아이를 씻기고 옷을 골라 입혀주는 게 자연스러운 일과였던 나는 어찌할 바를 모르고 방문 앞에서 서성였다. 아이는 혼자 옷을 골라 입고 내 앞에 '짠'하고 나타났다. 상의는 앞뒤가 바뀌어 있고, 바지 역시 옆으로 치우쳐져 있어 바로잡아 주고 싶은 마음이 굴뚝같았지만 "아이고, 깜짝이야! 아니 우주가 어떻게 혼자 옷을 입었지?"라고 더욱 과장된 반응을 하며 그 마음을 꾹 눌렀다. 아이는 놀라워하는 나의 반응을 보며 연신 싱글벙글, 폴짝폴짝 뛰며 온몸으로 기뻐했다.

"우주가 진짜 혼자 하고 왔어?"

"네!"

"우주, 정말 대단하다!"

"아기는요? 아기도 혼자 할 수 있어요?"

"아기는 절대 혼자 못하지. 아기가 어떻게 혼자 하겠어."

"왜요?"

"아기는 아직 못하는 게 많잖아. 걷는 것도 혼자 못 하는걸."

"우주는요?"

"우주는 혼자 할 수 있지! 이제 곧 형아가 되는걸?"

요즘 매일 같이 반복되는 대화 패턴이다. 아이는 몇 번이나 같은 질문을 반복하며 자신이 뭐든 혼자 할 수 있을 만큼 컸다는 사실을 확인하고 또 확인한다. 혼자서 해냈다는 사실이, 혼자서 할 수 있다는 사실이 그리도 좋을까. 우주를 보며 나의 어린 시절을 떠올려 보지만 유년기의 기억이 유난히 희미해서 아이의 마음을 완전히 이해하기 쉽지 않다. 특히나 어린 시절 부모님의 이혼으로 꽤 이른 나이부터 집안일을 시작해야 했기에 더욱 그렇다. 초등학교 1학년 때부터 밥을 먹으면 설거지를 해야 했고, 주말마다 더러워진 하얀 실내화를 빠는 것도 일찍부터 내 몫이었다. 더 어린 시절의 나는 어떠했을지 모르겠지만 적어도 내 가장 오래된 기억 속에서 나는 스스로 해야 하는 것들을 기꺼이 즐겁게 한 적은 없었다.

반면 우주는 무엇이든 스스로 하고 싶어 하고, 우리가 하는 모든 것을 자기도 똑같이 해야 직성이 풀리는 아이다. 건조기에 빨래를 넣고 있으면 어느새 쪼르르 달려와서

'우주도, 우주도'를 외치고 빨래를 개고 있으면 고사리 같은 손으로 손수건과 수건을 접는 흉내를 낸다. 청소기의 기다란 줄을 뽑아내 콘센트에 꽂는 것과 줄을 다시 집어넣는 것은 아이가 제일 좋아하는 일이고, 좀 크고 나서는 청소기를 돌리는 것도 자기가 하겠다고 놓지를 않아 아이가 있을 때 청소를 하는 건 불가능한 일이 되어버렸다. 그뿐인가. 캡슐 커피를 기계에 넣고 버튼을 누르는 것도 우리가 했다간 울고불고 난리가 나니, 커피 한 잔 마시려면 절차가 아주 복잡하다. 간단하게는 물을 따르는 것, 무언가의 뚜껑을 여는 것, 손을 씻고 수도꼭지를 잠그는 것, 엘리베이터 버튼을 누르는 것 등등 셀 수 없이 많은 사소한 것들을 모두 자기가 하고 싶어 한다. 무심코 먼저 엘리베이터 버튼을 누르거나 수도꼭지라도 잠그면 후폭풍이 너무 거세다는 걸 학습한 우리는 이제 늘 한 걸음 물러나 아이가 먼저 하길 기다리거나, 아이가 직접 할 것인지 묻게 되었다. 그게 뭐라고 직접 하지 못하면 울고불고 소리를 지르나 이해가 잘되지 않았는데, 만약 우주가 그러지 않았다면 아마 우리는 아이에게 해 볼 기회를 주지 않았을지도 모른다. 아이는 아이만의 방식으로 점점 이 세상에서 자기의 몫을 찾고, 자신의 자리를 확고하게 넓혀 나가고 있는지도 모르겠다.

며칠 전, 휴가를 갔다 돌아왔더니 냉장고에 먹을 것이 아무것도 없었다. 정리할 것들은 산더미라 급한 대로 남편에게 가까운 마트에서 필요한 것만 사 오라고 메모지에 품목을 적어 넣는데, 우리 집 참견쟁이가 또 다가왔다. 차라리 아이가 집에 없는 게 정리가 수월하겠다 싶어 사와야 할 품목들을 그림으로 그려서 아이에게 건넸다.

"우주야, 아빠랑 마트에 가서 이것들을 사와야 해. 할 수 있겠어?"

"네!"

당근, 브로콜리, 파프리카, 콩나물, 두부. 그림을 그리는 내내 옆에 바짝 붙어 유심히 지켜보던 아이는 마트에 가는 동안 그 종이를 몇 번을 들여다보면서 사야 할 것들을 말하고 또 말하고 했단다. 그러고는 마트에 도착해서 정말 모든 장을 스스로 봤다고. 그날 마트에 다녀와 현관문을 열자마자 "엄마! 어서 나와 보세요!"를 외치던 우주의 잔뜩 고조된 목소리와 발그레하게 달아오른 얼굴이 아직도 눈에 선하다.

점점 오롯이 자기 몫을 해나가는 아이를 보며 먼 훗날 온전히 한 사람의 몫을 해내는 순간을 상상해 본다. 아이가 무럭무럭 자라서 나에게 더 이상 손을 내밀지 않게 될 때까지 아이의 곁에서 모든 순간을 지켜보고 기억 속에 담아놓고 싶다. 때로는 옆에서, 때로는 뒤에서, 있는 힘껏 응원하면서. 나의 몫이 있다면 바로 그것일 테니까.

아이들은 거울처럼 우리를 비춘다

　　말이 유창하지 않을 때부터 아이는 상황극 놀이를 매우 좋아했다. 그때는 주로 같이 본 그림책에서 나오는 상황을 응용해서 놀이를 했고, 상황을 설명하고 이끌어가는 것은 대체로 나였다. 아이는 내가 설정한 상황 속으로 쉽게 들어왔다. 놀이가 시작되면 무한정 같은 상황을 반복해야 한다는 게 함정이라면 함정이었지만 아이와 상호작용이 되니 아이와 노는 게 재미있어졌다. 이제는 상황을 만드는 것도, 이끌어가는 것도 아이다. 40개월이 되니 상황을 아주 구체적으로 만들 수 있게 되고 놀이에서 원하는 것도 더 정확해졌다. 이제 나는 아이가 하라는 대로 말하면서 적절한 애드리브로 아이가 원하는 상황 전개를 유지해 줘야 하는 막중한 책임을 안게 되었다.

아이가 요즘 가장 좋아하는 상황은 '캠핑'이다. 캠핑 간다고 바구니며 가방이며 상자에 음식 모형 장난감을 잔뜩 챙긴다. 처음엔 음식을 준비해서 요리하고 먹던 것이 다였는데 이제 텐트를 치는 것부터 상황이 시작되어 장난감 망치와 나사못을 챙기기 시작했다. 나사못을 챙길 때는 얼마나 진지한지 모른다. 아무리 봐도 똑같은 장난감 나사못을 하나씩 분류하며 "음, 이건 앞에 쓰고, 이건 뒤에 쓰면 되겠다." 한다. 우리가 타프를 칠 때 중앙에 세울 기둥과 측면에 세울 기둥을 분류하는 흉내를 내는 모양이다. 아이는 바리바리 짐을 싸 들고 나에게 지령을 내린다.

"타박이가(타박이는 아기 때부터 '타박타박' 소리를 내며 나타나 이런저런 말을 걸던 나의 검지와 중지다.) 같이 놀아 달라고 떼써봐."

그러곤 아주 진지하게 망치로 못을 뚝딱뚝딱 박기 시작했다.

"(타박타박) 우주야, 나랑 좀 놀아줘~~"

"안 돼! 지금 이거 해야 돼. 캠핑 오면 먼저 텐트를 쳐야 한다고.”

　“나랑 먼저 놀고 하면 되잖아. 응? 나랑 놀아줘!”

　“그럼 이거 절반만 하고 놀아줄게.”

　“좋아! 그럼 내가 옆에서 조용히 기다릴게.”

　뭔가 원하는 상황 전개가 아니었는지 이번엔 다른 지시를 내린다.

　“타박이가 뾰족한 못 가지고 놀아봐.”

　아이가 시키는 대로 못을 가지고 노는 척했다.

　“타박아! 그거 가지고 놀면 안 돼! 위험해!”

　“싫어! 가지고 놀 거야!”

　내가 떼를 쓰자 아이는 갑자기 눈을 부릅뜨더니 무섭고 커다란 목소리로 소리를 질렀다.

　“타박아! 그럼 안 되지!! 응!”

　아이의 불호령에 숨이 턱 막혔다. 아이의 말투와 표정에 내가 들어 있었다. 최근 이상하게 기분이 가라앉아 있던 나는 아이의 조그마한 자극에도 금방 흥분해서 큰 소리를 지른 터였다. 다시는 그러지 말자고 다짐하고 또 다짐했는데, 내 얼굴과 내 목소리를 빌려 타박이를 꾸중하는 아이의 모습에서 '이걸 나에게 보여주고 싶었던 걸까'란 생각마저 들었다. 아이들이 모방의 천재라는 걸 많은 순간 느낀다. 특히나 상황극을 할 때 아이들은 거울처럼 우리를 비춘다. 때로는 감추고 인정하기 싫었던 부끄러운 민낯까지도.

"우주야, 나한테 친절하게 말해주면 안 될까?"

아이가 나한테 하던 말을 타박이 입을 빌려 말했다. 아이는 근엄한 표정으로 타박이를 쳐다보더니 곧 웃으며 다정하게 답했다.

"알았어, 타박아. 못은 뾰족하니까 가지고 놀지 마. 이제 나한테 줘."

못을 아이에게 건넸다. 다정하게 말해줘서 고맙다고, 타박이도 우주한테 다정하게 말하겠노라 했다. 뜻하지 않게 아이한테 정말 혼쭐이 난 기분이 들었다. 할 수만 있다면 아이를 향해 고함을 지르던 모든 순간을 지우고 싶었다. 얼마만큼 다정함이 쌓이면 아이의 마음에 박힌 나의 차갑고 날카로운 말들이 없어질까. 얼마만큼의 미소가 쌓여야 아이의 눈에 깊이 새겨진 나의 무서운 표정이 사라질까. 우주에게 혼쭐이 나니 정신이 번쩍 든다.

아이의 세계가 넓어진다

퇴근길.

오늘은 저녁에 또 뭘 해먹이나, 하원하면 집에 안 가고 놀이터에 간다고 떼쓰겠지, 벌써 피로가 몰려오는데 오늘은 어떻게 버티나. 아이를 만나기도 전에 이런 생각들로 가뜩이나 딱딱하게 뭉친 어깨와 목이 더 조여 오는 것만 같았다. 힘을 내야지, 후읍. 심호흡을 길게 한 번 하고 지하철에서 내려 개찰구로 걸어가는데, 개찰구 바깥으로 이제 두 돌이나 되었을까. 한 여자아이가 아빠에게 안겨 개찰구 안 이쪽저쪽을 열심히 살피고 있었다. 아이 옆을 지나는 순간 아이의 얼굴 가득 웃음이 퍼졌다. 얼굴 전체로 웃는다면 아마 저런 얼굴이 아닐까. 아이를 웃게 하는 이가 궁금해 뒤돌아보니 아니나 다를까 그곳엔 아이에게 손을 흔들며 환하게 웃는 엄마가 있었다.

우주도 그랬다. 나만 보면 온몸으로, 자기가 할 수 있는 가장 큰 몸짓과 소리로 나를 반겨 주었다. 나만 보면 세상을 다 가진 것처럼 행복한 웃음을 지어줬고, 자신의 전부를 나에게 내맡기듯 폭 안겨 작고 통통한 손으로 내 목을 꼭 감싸 안았다. 아이 덕분에 세상에 환영받는 존재로 온전히 사랑받는 느낌이 어떤 것인지 알게 되었다. 그때는 아이에게 특별히 해준 것도 없이 그런 사랑을 받는 게 너무 과분한 것 같아 민망하기도, 미안하기도 했다.

얼마 전 늦게 퇴근하는 나를 위해 친구네 가족이 우주를 하원 시켜 키즈 카페에 데리고 가주었다. 혼자서 엄마를 기다릴 아이 생각에 퇴근하자마자 부랴부랴 아이를 데리러 갔는데, 멀리서 나를 발견한 아이의 얼굴이 딱딱하게 굳어졌다. 엄마가 같이 못 와줘서 서운한 마음에 그러나 싶어 안아주려고 다가갔더니, "조금만 더 놀다 갈래요." 하며 친구에게로 가버렸다. 아이는 나를 보고 반가워하기보다 엄마가 와서 이제 키즈 카페를 떠나야 한단 사실에 실망한 것이다. 맙소사. 이렇게 커버렸구나. 얼마 전엔 아이에게 사랑고백을 했다가 뒤통수를 한 대 얻어맞았다.

"우주야."

"네."

"엄마가 우주 엄청 사랑해!"

당연히 아이 입에서 '나도 사랑해요'라는 말이 나올 거라고 생각했다.

"그런데 왜 엄마는 우주한테 나쁘게 대해요?"

아이의 말은 깜빡이 없이 갑자기 내 앞을 가로막고 들어오는 차처럼 당황스러웠다.

"응? 엄마가 우주한테 어떻게 했는데?"

"엄마가 우주한테 화내잖아요. 엄마가 화날 때 우주한테 더 상냥하게 해주세요. 엄마가 화내면 우주가 기분이 안 좋잖아요."

이제 네 살이 된 아이의 세계는 더 이상 내가 알던 세계가 아니다. 엄마란 존재가 세상의 전부였던, 엄마만 보면 마냥 행복하던 아이에게 또 다른 세계가 생기고 있다. '엄마'가 제일 재미있던 아이는 더 많은 재미있는 것들에 눈을 뜨고, '엄마'만 있으면 되던 아이는 이제 자신을 친절하게 대해주는 엄마를 원하게 되었다.

불현듯 겁이 났다. 그동안 아이 핑계를 대며 아이 주변에만 머물렀는데, 점점 커가는 아이의 세계 앞에서 갈 길을 잃어버렸다. 아이를 낳고 한동안 인생이 끝난 것 같다고, 이제 뭘 할 수 있겠냐고 낙담하던 때가 있었다. 하고 싶은 일들이 때때로 마음속에 피어났지만 아직 어린아이를 두고 뭘 할 수 있겠냐며, 금세 그 싹들을 뎅강 잘라버리곤 했다. 하고 싶은 일이 뭔지, 할 수 있는 일이 뭔지 알 수 없어 헤매기도 했다. 그냥 뭐가 됐건 경제적인 능력을 다시 갖추고 싶다고 하소연할 때도 있었다. 운 좋게 아이가 27개월이 되었을 때 지금의 직장에 다니게 되었다. 직장이라는 안식처가 생긴 후로 '어떻게 살고 싶다'는 생각은 점점 사라지고 하루하루, 출퇴근하고 월급날만 기다리는, 말 그대로 그냥 '직장인'이 되어 버렸다. 내가 바라던 나의 세계는 이런 건 아니었던 것 같은데.

이제 나는 무엇을 해야 할까. 무엇으로 나의 세계를 넓히고, 가꿔가야 할까. 이제 커가는 아이의 세계를 보며 나의 세계도 더욱더 키워가야 할 때가 된 것 같아 한편으론 마음이 헛헛하고, 한편으론 괜히 비장해진다. 아이가 커가면서 엄마의 세계도 궁금할 수 있길, 그래서 한 번씩 엄마의 세계에 기웃거리길 바라본다.

똥딴지같은 소리에 그만

얼마 전 아이와 놀이터에서 노는데 또래의 한 아이가 다가와 다짜고짜 우주의 모래놀이 장난감을 "내 거, 내 거"라며 낚아채 갔다. 그 아이에게 이건 우주의 장난감이니까 물어보고 가져가야 한다고 이야기해도 아이는 막무가내였다. 내 옆에서 아무 말도 못 한 채, 혹시나 자기 장난감을 빼앗길까 초조해하는 우주의 장난감을 찾아주기 위해 아이를 타일렀다. 멀리서 그 아이의 엄마가 난처한 표정을 지으며 다급하게 뛰어왔다.

"태현아, 네 장난감은 여기 있잖아!"

그 아이의 장난감과 우주의 장난감을 맞교대하여서 놀기로 하고서야 두 아이의 대립은 끝이 났고, 그 아이의 엄마와 나는 나란히 앉아 아이들의 모래놀이를 지켜보았다.
우리는 으레 아이 엄마들이 만나면 그렇듯 아이가 몇 개월
인지 서로 묻고, 어느 어린이집에 다니는지 묻고, 다른 형
제는 없는지 물으며 어색한 시간을 흘려보냈다.

"그런데 애 학교는 어디로 보내실 거예요?"

"네?"

우주나 그 아이나 이제 고작 네 살인데 학교라니. 당장
집에 가서 온통 모래투성이인 아이를 씻기고 저녁을 차려
먹일 생각만으로도 버거운 나에게 학교는 전혀 고민의 대
상이 된 적이 없었기에 당황스러웠다.

"글쎄요, 전혀 생각을 안 해봤어요. 근데 초등학교는
그냥 정해진 데로 가는 거 아니에요?"

"근데 저희 주소에 배정된 학교가 좀 그렇잖아요."

"왜요?"

"여기 임대아파트가 있다 보니까 아무래도 드센 애들
도 많고, 엄마들도 이상한 엄마들이 많다고 해서 고민이에
요. 집을 전세로 내놓고 이사를 가야 하나."

이런저런 고민을 이야기하는 그 아이 엄마의 목소리가

아득하게 멀어졌다. 임대아파트 단지 사람들이 지나다니지 못하게 통로를 막았다는 둥, 언젠가 기사로 봤던 불편한 이야기들이 머릿속을 스쳐 갔다. 정말 있구나. 이런 차별과 혐오가 정말 내 가까운 일상에 존재했구나. 우리 앞에서 놀고 있는 아이들이 이런 대화를 듣지 못해 얼마나 다행인지 싶다가, 언젠가 아이들이 이런 말들을 듣게 될 거라 생각하니 참담해졌다.

어렸을 때 좋아하던 TV 프로그램 중에 '러브 하우스'라고 있었다. 특별한 사연을 가진 가족의 집을 살기 좋게 고쳐주던 프로그램이었는데, 오래되고 좁디좁은 집이 완전 새로운 모습으로 바뀌는 것을 보면서 느꼈던 놀라움과 쾌감은 아직도 '따라라라라~'하는 음악과 함께 남아있다. 나는 그 프로그램을 보며 우리 집도 저렇게 근사하게 바뀌면 좋겠다고, 그럴싸한 사연이 우리 집에 없음을 안타까워했었다.

그때는 나도 그렇고 친구들도 그렇고 사는 집이 다 고만고만했다. 물론 넓고 쾌적한 아파트에 사는 아이들도 있긴 했지만 다세대 연립주택이나 빌라 그도 아니면 가게와

겸하고 있는 방이 집인 경우도 꽤 많았다. 그 당시 친했던 친구의 부모님은 시장에서 야채 가게를 하셨는데, 그 친구의 집은 야채 가게의 통로를 지나면 나오는 두 칸짜리 방이었다. 대문도 현관도 따로 없었다. 그 친구 집에 놀러 다니면서 나는 한 번도 '가난'이란 단어를 떠올리지 않았고 모르긴 몰라도 친구 역시 남몰래 '부끄러움'을 품고 있거나 하진 않았던 것 같다. 도대체 '가난'이라는 게 언제부터 누군가를 차별하고 배제할 이유가 되어 버린 걸까.

그날 무거운 마음으로 집에 돌아와 남편에게 그 이야기를 했더니 "야, 됐다 그래. 그 집 애가 젤 드세더구먼. 뭔 뚱딴지같은 소리야."라며 어이없다는 반응이었다. 우주랑 놀이터에 갔다가 이미 그 아이를 한 번 마주쳤다는 남편이 아무렇지도 않게 던진 말에 마음 한구석에 박혀있던 무거운 돌덩어리가 쑥 빠져 버렸다. 또 하나, 그 아이 엄마의 말에 마음 한구석에 돋아난 '정말 드센 아이가 많을까?'라는 나쁜 의심도 싹둑 잘려 나갔음을 고백한다. 맞다. 임대 아파트에 살아서 드센 것이 아니고, 임대아파트에 살아서 이상한 게 아니다. 어디에나 이상한 사람은 있다. 예의 없는 사람의 생각 없는 말에 신경 쓸 것 없다.

가끔 이렇게 남편은 가볍고 경쾌하게 자칫 지나치게 무거워져 가라앉는 나를 건져 올리고, 갈대처럼 쉽게 흔들리는 나를 곧추세운다. 아마 남편이 그런 말을 들었다면 바로 '무슨 말도 안 되는 소리냐고' 맞받아쳤을지도 모른다. 특유의 화법으로, 상대방의 기분을 상하게 하지 않고서.

아이가 남편의 이런 점을 닮으면 좋겠다. 자기만의 줏대를 가지고 그 누구에게도 휘둘리지 않는, 마음이 단단한 사람이 되면 좋겠다. 부당한 말에도 눈치 보지 않고 맞설 수 있는 용기를 가진 사람이 되면 좋겠다. 그리고 나는, 그런 사람이 되지 못한 나는, 지금부터라도 조금 더 단단해지기 위해 노력해야겠다. 차별과 선 긋기가 일상적으로 일어나는 사회에서 아이를 어떻게 키워나갈지 더 많이 고민하면서, 뚱딴지같은 소리에 갈대처럼 흔들리지 말고. 더 단단하게.

너는 너의 속도대로 걸으렴

지난여름부터 방문 미술 수업을 하고 있다. 어린이집에서 우주와 가장 친한 친구가 일 년째 하는 수업인데, 감각이 예민했던 아이가 그 수업을 하면서 새로운 촉감에 대한 거부감이 많이 없어졌다는 말에 혹해서 우주도 함께 참여시키기 시작했다.

우주는 촉각과 후각에 상당히 예민한 편이다. 아마 18개월 즈음이었을 것이다. 두 살이 되던 해 여름, 조리원 동기들과 바닥 분수가 뿜겨져 나오는 곳에 아이들을 데리고 갔다. 다른 아이들은 물 만난 물고기 마냥 꺅꺅 소리를 지르며 분수 안으로 뛰어 들어가 신나게 노는데 우주는 주춤거렸다. 보통 뭔가를 하기 전에 관찰을 오랫동안 하는 아이라 그러려니 하고 기다렸는데, 호기심만 보일 뿐 쉽게 움직이지 않았다. 나는 아이 손을 잡고 함께 뿜어져 나오는 물을 향해 달려 들어갔다. 아이는 옷이 물에 젖고, 얼굴에 물이 튀는 걸 참지 못했다. 아니, 참지 못한 정도가 아니라 까무러질 듯 싫어하며 밖으로 빠져나왔다. 이제 곧잘 뛰어다니고 몸도 제법 커서 얕은 물에서 물놀이 정도는 할 수 있겠다고, 아이니까 당연히 물을 좋아할 거라고 생각했던 나의 예상은 완전히 빗나갔다.

우주 못지않게 촉각에 예민했던 아이가 수업하고선 좋아졌다고 하니 귀가 솔깃했다. 코로나 때문에 어린이집에서 특별활동 수업에 참여해 본 적도 없는 터라 이런 수업 경험이 여러모로 도움이 될 것 같았다. 게다가 방문 미술 수업을 하는 날은 우주 친구네에서 하원을 해주니, 하원에 대한 부담도 덜 수 있었다.

미술 수업을 한 지 3개월. 늘 수업하는 모습을 사진으로만 보다가 하루는 조금 일찍 퇴근해서 아이의 수업하는 모습을 볼 수 있었다. 오랜만에 만난 선생님은 수업이 끝나고 걱정스럽게 말을 건넸다. 우주가 손에 뭐가 묻는 걸

싫어해도 재미있으면 잘 참여하는 편인데 요즘 부쩍 그림 그리는 걸 강하게 거부한다고.

"한동안 그림 그리는 거 좋아하더니 요새는 관심이 없어진 것 같더라고요."

천하 태평한 내 대답에 선생님은 심각한 표정으로 말했다.

"어머니, 근데 지금은 관심이 없어서 안 하더라도 나중에는 잘 못하니까 안 하게 돼요. 다른 친구들이랑 비교가 되니까 자신감이 떨어지거든요. 지필력도 길러야 하니까 집에서 어머니가 같이 끼적이기를 좀 해주세요. 어머니가 바쁘시죠?"

일하는 엄마라 아이한테 충분히 신경을 못 써주고 있는 거 아니냐는 질책이 담겨있는 것만 같아 선생님 앞에서 괜히 마음이 작아졌다. 내가 너무 소홀했나. 어떤 엄마들은 네 살부터 학습지 같은 거 하면서 펜 쥐는 연습도 시킨다고 하던데. 갑자기 신경이 쓰이기 시작했다. 그때부터 조바심이 나기 시작한 나는 장난감을 혼자 잘 가지고 노는 아이 옆에서 어떻게 같이 그림을 그릴지 궁리했다. 마침

공룡을 집어 든 아이에게,

"우주야! 공룡이 배고프대. 공룡이 먹을 수 있는 나무를 많이 만들어 주자!"

"어떻게?"

"그리면 되지!"

나는 기다렸다는 듯 커다란 종이를 꺼내 그 위에 나무를 그렸다.

"우주도 같이 그리자."

같이 하자는 나를 물끄러미 바라만 보던 아이는 "그냥 엄마 혼자 해요."라며 단호하게 내 제안을 거절했고, 나는 쓸쓸히 혼자 나무를 그려 벽에 붙였다. 아이의 관심을 끌어보려고 공룡 인형들을 데려다가 벽에 붙인 나무 그림을 냠냠 먹는 흉내까지 내보았지만, 끝까지 관심을 보이지 않았다. 그렇게 몇 번이나 아이의 놀이를 방해하며 그림 그리기를 시도하다 결국 두 손을 들고 말았다. 관심도 없고 하기도 싫다는데 어쩔 도리가 없었다.

그러던 아이가 붓을 들고 그림을 그리기 시작했다. 크레파스 친구들이 나오는 그림책 한 권 덕분이었다. 친구를 잃어버린 꼬마 크레파스 하양이를 다른 크레파스 형, 누나들이 도와주는 내용인데, 하양이가 흰 도화지에 그림을 그리지 못한다고 시무룩해하자 까망이가 흰 도화지 가득 색칠을 해주기도 하고 하양이가 흰 도화지에 남긴 편지를 보기 위해 물감 형과 붓 누나가 와서 슥슥 색칠을 해주기도 하는 장면이 마음에 들었나 보다. 두 번을 연달아 보고 난 후 까망 크레파스와 하양 크레파스를 꺼내 스케치북에 연신 끼적이기를 하더니 이제는 자기도 물감이 있었으면 좋겠다는 거다. 마침 집에 있는 물감과 붓을 꺼내줬더니 그때부터 스케치북에 그림을 그리기 시작했다. 얼마나 집중해서 그림을 그리는지 한참 부엌일을 하고 돌아왔는데도 여전히 그림을 그리고 있었다.

돌아보면 항상 그랬다. 이제 뒤집을 때라는데 왜 안 뒤집지 하면 뒤집었고, 배변 훈련이 잘 안돼서 고민하면 어느샌가 아이는 혼자 쉬야를 할 수 있게 되었다. 오가며 마주치는 사람들에게 인사를 하자고 해도 내 뒤에 숨기 바쁘던 아이는 어느 날 스스로 경비 아저씨에게 인사를 하기 시작했다. 아이는 아이만의 속도가 있다는 것을, 때가 되면 다 된다는 것을 알면서도 자꾸 잊는다. 어쩌면 나만의 속도를 갖고 살아본 경험이 부족해서 그런 게 아닐까. 자연스러운 내 속도와 흐름이 무엇인지 잘 모른 채 남들이 정해놓은 시간표에 맞춰야 하는 줄 알고 살아오던 날들이 참 길었다. 정해진 시간표 밖으로 나갈라치면 괜히 초조해졌고 다른 사람의 시선이 신경 쓰였다. 다시 수능을 봐서 대학을 가겠다고 결심할 때도 가장 큰 걸림돌이 나이였다. 이 나이에 괜찮을까. 이 나이에 무슨. 수능 원서를 접수하러 갈 때도, 편입 상담을 받으러 갈 때도 서른이 훌쩍 넘은 나이가 항상 신경 쓰였다. 지금 생각해 보면 그게 뭔가 싶은데.

아이가 커가는 것을 보면서 놀라운 점 중 하나는 이렇게 작은 몸집을 한 아이가 너무나 확실하고 뚜렷한, 자기 고유의 색깔을 가지고 있다는 것이다. 우리가 아는 언어로 표현을 유려하게 하지 못할 뿐, 아이는 호와 불호가 분명하고 관심사도 확실했다. 아주 어릴 때부터 그랬다. 아이라는 존재가 하나의 우주 그 자체라는 사실이 참 놀랍다고 생각해 놓고선, 그런 아이의 존재를 자꾸 잊는다. 아이도,

나도 그런 존재라는 것을 잊지 않는다면 우리는 우리만의 시간표대로 살아갈 수 있지 않을까. 남들과 상관없이 우주는 우주의 속도대로, 나는 나의 속도대로. 아무런 흔들림 없이 나만의 리듬을 갖고 하루하루 살아갈 내 40대 이후의 삶을 상상해 본다.

나는 오늘도 졌다

　내 뒤만 졸졸 따라다니며 끊임없이 '왜요'와 '놀아줘요'를 연발하는 아이에게 유난히 지쳐버린 저녁이었다. 낮잠까지 건너뛰어 슬슬 졸음이 밀려오는지 잠투정까지 시작되어 짜증을 내기 시작했다.

　'사람이 아니다. 사람이 아니다.'

　두 아이를 키우는 친구에게 육아 고민을 토로할 때마다 "아직 사람 되려면 멀었어. 아직 사람이 아니라고 생각해야 해."라고 했다. 친구의 말을 떠올리며 아직 감정 표현이 서툰 아이에게 휘둘리지 말자고, 안에서 부글부글 끓어오르는 분노를 다스려 보았지만 잘되지 않았다. 이미 내 얼굴은 분노로 가득 차 있었다. 물을 가져다 달라는 아이를 뒤로하고 방을 나서며 뒤도 돌아보지 않고 방문을 닫았다. 곧 아이의 울음소리가 들려왔다. 언제 따라왔는지 우주는 내 뒤를 쫓아오다가 갑자기 닫히는 문을 피하지 못하고 머리를 찧은 모양이었다. 문이 나쁘다며 서럽게 우는 아이를 보는데 아이가 걱정되기는커녕 화만 났다. 한참을 가만히 서서 우는 아이를 바라보다가 마지막 남은 힘을 있는 힘껏 끌어올려 아이를 안아주었다.

"우주야, 미안해. 우주가 따라오는 줄 모르고 엄마가 문을 닫아버렸어."

아이는 곧 울음을 그치고 다시 질문을 쏟아냈다. "왜요? 왜 엄마가 우주가 따라오는 줄 모르고 문을 닫아버렸어요?" 아이를 안아주는 데 마지막 힘을 다 써버린 나는 대답 대신 한숨을 쉬며 부엌으로 자리를 옮겼다. 우주는 부엌에서 물을 따르는 내 곁으로 달려와 내 바지를 꼭 붙잡았다.

"왜요? 왜 우주가 나오는 줄 몰랐어요?"

".... 우주가 엄마한테 물 가져다 달라고 했잖아. 그래서 우주는 그냥 방에 있을 줄 알았지."

"왜요?

아무리 설명해도 끝나지 않는 '왜요'에 하루 종일 시달렸다. 제발 그만 좀 하라고 소리를 지르고 싶었다. 머리가 지끈거렸다. 터져 나오는 화를 억지로 꾹꾹 누르며 우주에게 말했다.

"우주야, 엄마가 지금 너무 힘들어서 화가 나려고 해. 엄마가 잠깐 화 좀 가라앉힐게."

자리에 앉아 심호흡을 했다. 아이에게 화가 났을 때 기분을 가라앉히는 방법을 보여줄 요량도 있었는데, 심호흡은 곧 깊은 한숨이 되어 버렸다. 하루 종일 아이에게 들들 볶이며 쌓인 스트레스는 쉽게 가라앉지 않았다. 아이에게 소리를 지르는 대신 한숨을 크게 쉬었다. 이상하게 한숨을 쉴수록 한숨 소리는 크고 날카로워졌다. 한숨이 고래고래 소리를 치는 것만 같았다. 멀찌감치 떨어져 나를 기다리던 아이가 터져 나오는 서러운 울음을 삼키며 나에게 다가왔다.

"엄마 한숨 소리가 너무 시끄럽잖아요~오."

얼굴이 벌게져서 눈에 눈물이 그렁그렁 맺힌 아이를

보는 순간 부끄러워졌다. 지금 내가 이 어린아이 앞에서 뭘 한 건가 싶었다. 아이한테 화를 가라앉히고 진정하는 모습을 보여주는 본이 될 만큼 나는 성숙한 어른이 아직 못되었다. 화를 가라앉힌답시고 앉아서는 아이가 들으란 듯 고함 대신 한숨을 질러대는 꼴이라니.

아이한테 화를 내지 않았던 때가 있었다. 아이니까 모르는 게 당연하고, 모르니까 실수하는 게 당연했다. 하지만 아이가 점점 크면서 의사소통이 되는데도 불구하고 자꾸 내가 원하는 방향에서 벗어나기 시작하자 화가 나기 시작했다. 처음 한 번이 어려웠지 아이한테 소리를 지르기 시작하니 횟수가 점점 잦아졌다. 약자일 수밖에 없는 아이 앞에서 나는 종종 터져 나오는 분노를 조절하지 못하고 소리를 질렀다. 가끔 아이는 두려운 눈빛으로 나를 바라봤다.

도저히 이대론 안 되겠다 싶었을 때『고함쟁이 엄마』라는 그림책을 알게 되었다. '오늘 아침, 엄마가 나에게 소리를 질렀어요.'라고 시작하는 그림책은 매서운 눈을 하고 아이에게 빽 소리를 지르는 엄마 펭귄과 깜짝 놀라는 아기 펭귄의 그림을 보여준다. 책장을 한 장 넘기면 깜짝 놀란 아기 펭귄이 이렇게 말한다. '깜짝 놀란 나는 이리저리 흩어져 날아갔지요.' 엄마의 고함은 아기에게 온몸이 산산이 부서져 흩어질 정도의 충격이었던 것이다. 온몸이 흩어진 아기 펭귄은 듣지도, 보지도, 말하지도 못한다. 두 발만 남아 어디로 가는지도 모른 채 그냥 달린다. 지쳐서 더 이상 움직이지 못할 때까지. 고함을 치는 엄마 앞에 선 아이의 마음을 이보다 잘 보여주는 책이 있을까. 아이에게 그림책을 읽어주는 내내 나는 소리 없이 울음을 삼켰다. 내가 고함을 칠 때 우주도 온몸이 산산이 부서졌을까. 세상 전부나 마찬가지인 엄마가 자기를 버리고 떠날까 봐 아무것도 보이지 않고, 들리지 않을 만큼 두려웠을까.

아이에게 화를 쏟아내고 나면 항상 마음이 불편했다. 조금만 지나고 나면 그럴만한 일이 아니란 생각에 금방 후회했고, 언제 그랬냐는 듯 환하게 웃는 아이를 보면 미안했다. 그런데도 어떨 땐 억울한 마음이 들었다. 그럼, 나는? 그럼, 나의 지친 몸과 마음은 도대체 어쩌라고. 나도 참다 참다 어쩔 수 없었던 거라고 나를 정당화할 때도 있었다. 하지만 알고 있다. 나의 고됨을 이해하고 어루만져 주는 건 아이의 몫이 아니라는걸. 엄마 펭귄이 사방으로 흩어진 아기 펭귄의 몸을 그러모아 다시 꿰매주는 것처럼, 상처를 어루만져 주는 건 나여야 한다는 걸 알고 있다.

한숨 소리가 왜 이렇게 시끄럽냐고 울먹이며 다가오는 우주를 끌어안았다. 아이의 작은 몸을 안으며, 아이에게 걸려 넘어진 부족한 내 마음도 있는 힘껏 끌어안았다.

그래, 나는 오늘도 졌다. 터져 나오는 분노를 조절하지 못하는 나에게 또 지고 말았다. 하지만 뭐, 이런 날도 있는 거잖아. 그럴 수 있는 거잖아. 아직 사람이 안 된 아이랑, 아직 성숙한 어른이 되려면 멀고도 먼 엄마가 만났으니 어쩔 수 없는 거잖아. 그렇게 나와 아이를 끌어안았다.

다섯 살 형아

"엄마, 우주 이제 다섯 살이에요?"

새해 첫날 아침, 잠에서 채 깨지도 않은 아이가 눈을 뜨자마자 물었다. 12월이 되면서부터 우주에게 곧 다섯 살 형아가 된다고, 다섯 살 형아가 되면 엄청 큰 유치원에 가게 되고, 지금보다 할 수 있는 게 더 많아지고, 엄마가 없어도 잠을 잘 잘 수 있다고 말했다. 새해 전날, 이제 내일이면 우주가 진짜 다섯 살이 된다고, 너무 신나겠다고 잔뜩 바람을 불어넣었다. '다섯 살'을 핑계로 아이의 생활 습관을 다잡아 볼 요량이었는데 아이는 그 말을 들을 때마다 기대감에 가득 찬 얼굴로 이제 자기는 '아기 형아'가 아니라 '진짜 형아'가 된다며 으쓱해 했다. 아이에게 '형아'가

된다는 건 꽤나 중요한 일이었나 보다. 아침에 일어나자마자 다섯 살이 되었는지 확인하더니,

"제주도 할머니한테도 전화해서 말해줘야겠다."

"뭘?"

"우주 다섯 살 형아 됐다고요."

새해 첫날 다섯 살이 된 우주는, 실제론 만 네 살도 되지 않았지만, 제법 의젓한 모습을 보이며 밥도 처음부터 끝까지 혼자서 떠먹고, 양치도 치약을 짜는 것부터 모조리 혼자서 해냈다. 심지어 양치하는 걸 보지도 말라고 해서 도대체 양치를 제대로 하고 있는지 알 수가 없어 초조했지만 다섯 살 형아가 된 뿌듯함을 지켜주고 싶어 가만히 기다렸다. 다섯 살이 된 아이와 함께한 새해 첫날은 정말 평화로웠다. 언젠가 두 돌이 지난 아이를 보며 힘들어 죽겠다는 나에게 육아 선배들이 그랬다. 아이가 다섯 살만 되면 편해질 거라고, 그때부터는 정말 재미있어질 거라고. 그 말에 손꼽아 기다리던 아이의 다섯 살. 안 그래도 아이와 할 수 있는 것들이 점점 많아지는 것 같아 여러모로 기대되었는데 부쩍 의젓해진 아이를 보니 희망이 샘솟았다.

새해 둘째 날 아침, 아이가 또 물었다.

"우주 다섯 살이에요?"

"그럼, 다섯 살이지!"

흐뭇한 얼굴로 대답을 해줬더니 아이는 난데없이 버럭 소리를 질렀다.

"오늘도, 내일도 다섯 살이에요? 맨날 맨날 다섯 살이라고요? 시시하게!"

갑작스러운 아이의 울음 섞인 짜증에 정신이 퍼뜩 들었다. 아차. 뭐라고 하지.

"아, 우주야, 다섯 살 다음엔 여섯 살이지. 우주는 여섯 살도 될 거야."

아직 시간 개념이 없어도 한참 없는 아이에게 각 잡고 설명해 봤자 아무 소용 없을 게 뻔했다. 다 큰 줄 알았는데 아직은 아기구나, 속으로 혀를 끌끌 차며, 여섯 살도 되고, 일곱 살도 되고, 열 살도 될 거라고 아이를 달랬다.

어렸을 때가 생각났다. 나는 빨리 크고 싶어서 설날이면 한 살 더 먹겠다고 사촌들과 경쟁하듯 떡국을 한 그릇 더 먹는 아이였다. 빨리 나이를 먹고 싶었고, 어른이 되고 싶었다. 이미 열 살쯤부터 나는 내가 다 컸다고 생각했는데(하이고!), 아직은 작은 몸과 열 손가락으로 헤아려지는 나의 나이는 그것을 증명하지 못했다. 뭐든 다 할 수 있는 것 같은데, 자꾸 어른들에게 허락을 받아야 하고 어른들의 도움이 필요한 상황이 참 싫었다. 어렸을 땐 밑도 끝도 없는 자신감에 빨리 어른이 되고 싶었다면, 스무 살 무렵에는 내가 너무 보잘것없이 느껴져서 빨리 어른이 되고 싶었다. 뭐가 옳고 그른지 쉽게 판단하기 어려워 자주 흔들리던 나는, 내가 진정으로 원하는 것이 무엇인지 몰라 선택을 미루고 미루던 나는, 빨리 어른이 돼서 단단하게 중심을 잡고 싶었다. 그래서 창창했던 스무 살 나의 꿈은 무려 서른 살이 되는 것이었다. 어딘가에 걸려 넘어질 때마다 내가 아직 어려서 그렇다고, 내가 아직도 뭘 잘 몰라서 그렇다고 나의 미숙함을 탓했다. 어쩌면 열여덟 살은, 스무 살은, 스물세 살은 잘 모르는 게 당연하고 실수하는 게 당연하고 흔들리는 게 당연한 나이였는데 그때 나는 나를 미워하기 바빴다. 아이를 보면서 어린 시절의 나를 다시 떠올려 본다. 어깨 가득 힘을 주고 당당하게 길을 걷던 초등학교 4학년의 나부터 시간이 더 필요하다고 잔뜩 움츠러든 채 휴학을 신청하고 돌아오던 20대 초반의 나, 그리고 서른이 됐는데 아무것도 바뀌지 않아 어쩔 줄 몰랐던 나까지.

우주는 다행히도 나와 다르다. 우주는 실패에 대한 두려움이 없고 실패하는 자신을 미워하지 않는다. 뭐든지 '내가, 내가', '혼자서'를 외치며 많은 것을 스스로 해보려고 하지만 당연하게도 많은 것들에 서툴다. 설된 손가락 끝에서 자꾸 빠져나가는 작고 미끄러운 단추 때문에 옷의 단추 하나를 끼우려면 1분 넘게 걸리고, 티셔츠의 앞뒤를 구분하는 건 여전히 어려워서 매일 웃옷을 거꾸로 입고 다닌다. (지적하면 난리가 나니 그냥 내버려 둔다.) 서툴러도, 오래 걸리고 잘되지 않아도, 어제도 오늘도 혼자서 하겠다고 집요하게 매달린다. 그러다 성공이라도 하는 순간엔 숨김없이 기쁨을 표현하고 아낌없이 자랑한다. 세상을 다 얻은 것 같은 뿌듯한 표정을 얼굴 가득 담고서. 도저히 혼자 할 수 없는 것도 끙끙대며 해보다가 결국 안 되면 나에게 다가와 '이것 좀 도와주세요'라고 당당하게 말한다.

때로는 '나는 아직 아이니까 그렇지'라는 말로 자신을 변호하고, '실수는 누구나 하는 거잖아요'라며 혼날 만한 상황도 가볍게 넘겨 버린다.

다섯 살 형아가 된 아이는 매일 홀로서기 연습을 한다. 혼자 양치를 다 했다고 신나서 달려 나가는 아이를 뒤로하고 욕실을 들여다보면 짜다 흘린 치약이 세면대 곳곳에 묻어 있고, 수건은 아무 데나 내동댕이쳐져 있다. 단추 끼우기에 성공하고 나서는 지퍼 끼우기를 하겠다고 매일같이 지퍼를 붙들고 씨름하다가 성을 낸다. 그러면서도 다섯 살 형아라서 뭐든지 할 수 있다며 아주 의기양양하다. 그런 아이를 바라보며 마음속 깊이 바라본다. 우주가 열 살이 돼도, 스무 살이 되어도 실패를 두려워하지 않고 실패하는 자기를 미워하지 않으면 좋겠다고.

3부 순수 그 자체, 사랑

너의 우산

"나가 비. 구경하 까?"

말을 시작한 지 얼마 되지 않은 아이의 말은 불규칙하게 늘어선 징검다리 같다. 여기저기 비어있고, 어디에서 쉬고 어디에서 말끝을 올려야 할지 몰라 어눌하고 거칠다. 짧은 말 한마디를 하기 위해 얼마나 애를 쓰며 적당한 단어를 찾고 한 음절, 한 음절 힘을 주어 말하는지 모른다. 그렇기에 아이의 말은 거절하기가 참 힘들다.

"바께. 나가. 비구경. 하. 까?"

"그래, 밖에 나가서 비 구경할까?"

"좋아!"

이런 날은 집에서 라면이나 끓여 먹고 남편이랑 미드

(미국 드라마)나 주구장창 이어보며 한껏 게으름을 피우면 참 좋으련만. 나가서 비를 구경하고 싶다는 아이의 서툰 말 앞에서 나의 바람은 힘을 잃는다. 게다가 자기 뜻이 관철될 때까지 똑같은 말을 수십 번 반복할 아이와 실랑이하느니 그냥 나가는 편이 낫다. 이런 식으로 언젠가부터 아이의 욕구가 항상 1순위가 되어버렸다.

"후두둑. 비. 내려."

"그러네! 하늘에서 후드득후드득 비가 내리네."

2주 전 생일 선물로 사준 빨간 장화를 신고, 아직은 자기한테 조금 크다 싶은 어린이 우산을 두 손으로 꼭 잡은 조그만 우주. 비가 오면 물웅덩이에서 첨벙첨벙 물놀이하겠다고 이날을 얼마나 기다려 왔는지 모른다. 아직 팔에 힘이 없어 아이가 든 우산은 자꾸 아래로 기울어지다 땅으로 떨어지고 만다. 우산을 잡아 주겠다고 해도 혼자 할 수 있다며 기어이 다시 우산을 들고 타박타박 앞장서 걷는 우주. 우산을 쓰는 건지, 우산도 그냥 같이 비 구경을 하는 건지 알 수가 없다. 그런 아이 옆에 착 붙어 커다란 우산을 높이 들고 우주의 걸음걸음을 그대로 따라간다. 아이가 달리면 같이 달리고, 허리를 구부리면 나도 같이 구부린다.

"우샨. 비. 가려조."

갑자기 걸음을 멈춰 선 아이가 비스듬하게 어깨에 걸친 우산을 올려다보며 말한다.

"그러네! 우주 우산이 비를 막아주고 있네!"

아이는 알까? 자기 우산 위로 엄마가 든 커다란 우산이 쏟아지는 비를 막아주고 있었다는 걸. 엄마한테도 큰 우산을 한 손으로 들고, 다른 한 손으로는 아이를 살피며 안간힘을 쓰고 있었다는 걸.

고등학생이던 1990년대 후반, 청소년 영화 붐이 일었다. 영화감독이 되고 싶었던 나는 지역 청소년 영화동아리 활동을 했다. 토요일마다 모여 영화 찍는 법을 배우고, 함께 영화를 만들었다. 그 탓에 주말에는 늘 여기저기 나다니기 바빴고, 야자(야간 자율학습)를 몰래 빼먹는 일도 종종 있었다. 식당을 했던 엄마, 아빠는 워낙 바빠서 내가 뭘 하고 다니는지 물어보지 않았다. 아마 물어봤다고 해도 친구를 만나러 간다거나 하면서 대충 둘러댔을 게 분명하다. 그 당시 아빠가 나 몰래 영화동아리 사무실에 따라가 봤다는 사실을 알게 된 건 아주 최근의 일이다. 아빠는 영화동아리를 운영하는 단체가 뭘 하는 곳인지 이리저리 수소문해 보고 나서야 엄마한테 걱정하지 말고 그냥 놔두자고 하셨단다. 정말 상상도 못 했다. 그때 나는 홀로 잘났고, 홀로 우뚝 서고 있다고 생각했다. 사춘기 딸이 밤늦게까지 뭘 하고 돌아다니는지 걱정이 되면서도, 직접 물어보면 행여 더 문제가 생길까 몰래 뒤에서 걱정하고, 하고 싶은 말을 속으로 삼키고 또 삼켰을 엄마, 아빠. 적당한 거리에서 보이지 않게 나의 울타리가 되어주었던 부모님이 계셨기에 무탈하게 클 수 있었다는 걸 아이를 낳고서야 뒤늦게 알게 되었다.

아이의 머리 위에 떨어진 빗방울을 닦아주며 우산을 아이 쪽으로 바짝 받쳐주었다.

"무룽덩! 무룽덩!"

물웅덩이를 발견한 아이가 신이 나서 소리를 지른다. 빨간 장화가 물 위에서 찰박거린다.

"엄마! 탐방. 탐방! 엄마. 해!"

"엄마도 해?"

"응! 엄마. 우주. 함께. 해!"

참방참방. 야트막하게 고여 있는 물웅덩이를 우주와
함께 밟았다. 수면에 이는 물결 위로 내 기억 속 무수한 순
간들 안에 보이지 않았던 엄마, 아빠의 얼굴이 자꾸 아른
거렸다.

달님.별님.인샤

"우주야, 우리 밤 산책할까?"

우주는 내 말이 끝나기가 무섭게 환호성을 지르며 이리 폴짝 저리 폴짝 뛰기 시작했다.

"엄마, 우리 불빛 가지고 갈까요?"

손전등을 가지고 노는 데에 재미를 들인 아이는 밤 산책을 하러 가자고 하면 이제 손전등부터 챙기기 바쁘다. 손전등을 켤 수 있어 좋은 건지, 잘 준비해야 한다는 엄마의 성화가 늦춰져서 좋은 건지 알 수 없지만, 아이와 나에게 밤 산책은 아직까지는 꽤 특별한 이벤트다. 어둠이 내려앉은 조용한 동네를 아이와 걷는 시간은 평화롭다. 밤하늘에 불빛을 반짝거리며 지나가는 비행기의 움직임을 눈으로 쫓거나 유난히 밝게 빛나는 달의 모양이 어떤지 이야기한다. 낮의 시끌벅적함이 사라진 곳에서 우리는 '쉿'하고 귀뚜라미 소리에 귀 기울인다. 낮과는 다른 밤의 분위기를 느끼는지 밤 산책을 할 때만큼은 말 많은 아이도 제법 조용하고 차분해진다. 한참을 걷다가 집에 돌아갈 때가 되면 다리가 아프다고 주저앉곤 하는데, 그러면 난 아이를 등에 업고 걸어간다. 등 뒤에 묵직하고 따뜻한 아이의 체온과 내 목을 감싸는 보드라운 살결을 느끼며 도란도란 이야기 나누며 걷는 밤길이 그렇게 좋을 수 없다.

아이의 첫 번째 밤 산책은 제주에서였다. 아이의 세 번째 여름, 우리 가족은 친정엄마의 보살핌 아래 제주에서 황금 같은 휴가를 보냈다. 5일간의 시간이 순식간에 지나고, 마지막 밤이라고 엄마는 엄마표 특별 치킨구이와 함께 술상을 봐주셨다. 아무리 늦어도 9시 전에 아이를 재워야 한다는 강박에 사로잡혀 있었지만, 이날만큼은 예외를 두자고 마음을 먹었다. 그 덕에 남편도, 나도 오랜만에 아무 걱정 없이 술잔을 기울였고 8시면 늘 잠잘 준비를 해야 했던 우주도 토마토 주스를 한 손에 들고 우리와 함께 '짠'을 외치며 일탈을 했다. 밤 9시가 훌쩍 넘도록 같이 먹고, 마시고, 웃고 떠들었다. 우리 이야기에 끼지 못하는 우주는 관심을 받고 싶을 때마다 목청껏 소리를 지르며 우리를 웃게 했다. 초저녁부터 시작된 저녁 만찬은 10시가 다 되어서야 마무리되었다. 여느 때 같으면 10시도 이른 시간이었겠지만 슬슬 졸려 하는 세 살 아이를 계속 모른 척할 수는 없었다. 하지만 그렇게 마지막 밤을 끝내는 게 못내 아쉬웠던 나는 아이를 바라봤다.

"우주야, 엄마랑 밤 산책할까?"

"밤.산.책?"

평소 같으면 해 지기 전에 목욕을 마치고 일찌감치 온 집안의 불을 끄고 잠잘 준비를 하기 때문에 밤 산책은 불가능한 일이다. 밤 산책이란 말조차 아이에게 생소했을 게 분명했다. 뭔지는 잘 모르겠지만 산책하자는 말에 신이 난 아이는 눈이 초롱초롱해져서는 냉큼 신발을 신고 따라나섰다. 남편과 아이의 손을 나란히 나눠 잡고 걷는 조용한 거리는 풀벌레 소리만 가득했다. 이따금 바람에 나뭇잎이 바스락거리는 소리와 새소리, 그리고 우리의 발소리 외엔

사방이 적막으로 덮여있었다. 하늘을 보니 둥그스름한 달이 구름 사이로 나타났다 사라졌다 했다.

"우주야, 하늘 봐봐! 달님이다, 달님!"

매일 밤 자기 전 보았던 그림책의 한 장면처럼 달님이 구름 뒤로 숨었다 나타나는 것을 아이와 한참을 가만히 서서 바라보았다. 바람이 우리를 스치고 지나갔다. 초여름 밤의 선선한 공기, 고요한 밤하늘 위로 고개를 내밀었다 사라지는 둥그스름한 달, 내 손을 꼭 잡고 선 자그마한 우주. 모든 것이 완벽하게 느껴졌다. 그날 밤 아이는 잠자리에 누워 한참을 뒤척이며 혼자 중얼거렸다.

"엄마.우주. 밤.산책.하까."

"밤산책.밤.산.책."

"달님.별님.인샤."

밤 산책이 재미있었다던 아이는 첫 밤 산책을 머릿속 어딘가 깊이깊이 새겨두고 싶었는지 서툰 발음으로 '밤 산책'이라는 말을 몇 번이나 되뇌다가 겨우 잠들었다.

이제 세 돌이 훌쩍 넘었는데도 여전히 밤 산책을 하자고 하면 신이 나서 따라나서는 아이를 볼 때마다 그때 제주에서의 밤 산책이 떠오른다. 마치 보물이라도 되는 것처럼 '밤 산책'이라는 말을 자신의 기억 서랍 속에 소중하게 꾹꾹 담던 아이의 보드라운 입술도.

방긋 웃을 수 있는 여유

네 살 된 아이와 단둘이 제주도의 한적한 길을 드라이브 할 때였다. 파란 하늘에 솜사탕 같은 하얀 구름이 뭉게뭉게 피어나고 있었고, 길 양옆으로는 잎이 무성한 나무들이 초록빛을 뽐내며 늘어서 있었다. 이보다 더 완벽한 길이 있을까 싶을 정도로 아름다운 길이었다.

"우주야, 엄마는 이런 풍경이 참 좋더라. 너무 예쁘지 않아?"

"왜요?"

"엄마는 나무가 참 좋거든. 초록 나무를 보면 기분이 참 좋아."

"기분이 나쁠 때마다 이걸 보면 방긋 웃는 거예요?"

"응, 맞아!"

아이의 말에 나도 모르게 '방긋' 웃음이 나왔다. 아이들의 말에는 의성어와 의태어가 많다. 아이들이 보는 그림책은 말할 것도 없고 나 역시 아이에게 말을 할 때는 의식적으로든, 무의식적으로든 의성어와 의태어를 많이 사용한다. "하늘에 별 좀 봐"라고 말하는 대신 "하늘에 반짝반짝 별 좀 봐"라고 말하고 "단풍이 들었네"라고 말하는 대신 "우와, 나무가 이제 울긋불긋 옷을 갈아입었네"라고 말한다. "저기 굴착기가 지나간다"고 말하는 대신 "저기 탈탈탈 굴착기야"라고 말을 하고 "자동차가 지나간다"고 하는 대신 "자동차가 씽씽 지나간다"고 말을 한다. 아이와 소꿉놀이라도 할 때면 '후루룩후루룩', '냠냠 쩝쩝', '올깍올깍', '꿀꺽꿀꺽', '오도독오도독', 우리의 상상식당에는 온갖 소리의 향연이 벌어진다.

의성어와 의태어는 신기한 힘을 가졌다. 그냥 마시는 것보다 '후루룩' 마시면 무엇이든 목뒤로 더 맛있게 넘어가는 것 같고, 그냥 뛰는 것보다 '폴짝' 뛰면 더욱 가볍게 뛰어오를 수 있을 것 같다. '빙그레' 웃는다고 하면 눈과 입술이 모두 반달 모양을 그리며 웃는 얼굴이 떠오르고, 비가 '후드득 톡톡' 떨어지면 빗방울이 우산 위에서 탭댄스라도 출 것만 같다. 의성어와 의태어의 세계에는 옷이 젖을까 잰걸음으로 서두르는 대신 우산 위로 떨어지는 빗줄기의 소리에 귀 기울일 수 있는 여유가 있다. 모든 말을 줄여서 쓰는 게 대세인 요즘 모든 걸 늘이고 늘여서 쓸 수 있는 여유로움 때문일까, 의성어와 의태어는 마음을 말랑하게 해준다. 분명 어른인 우리도 어렸을 때는 여러 가지 의성어와 의태어를 사용했을 텐데, 어른들의 세계에선 언제부터 이 말들이 사라져 버린 건지, 우주의 말을 듣고 '방긋' 웃다가 문득 궁금해졌다.

우리가 만약 계속해서 의성어와 의태어의 세계에서 살았다면 우리 삶이 조금 덜 퍽퍽해지진 않았을까. 어쩌면 우리도 아이들처럼 '폴짝' 뛰면서 무거운 마음의 짐을 날려버리고, 힘이 들 때는 곁에 있는 좋은 사람들의 도움을 받으며 '영차영차' 힘을 낼 수 있었을지도 모른다. 슬플 땐 '엉엉' 소리 내어 울며 가슴에 쌓인 감정을 풀어내고, 기쁠 땐 얼굴 가득 미소를 짓고 '방긋방긋' 웃으면서 우리도 아이들처럼 조금 더 신나고, 조금 더 반짝거리고, 조금 더 팔딱팔딱 파닥거리는 삶을 살 수 있었을지도 모른다.

나를 '방긋' 웃게 하는 나무들이 끝없이 늘어선 제주도의 한적한 길을 달렸다. 흘긋 뒤를 돌아보니 우주도 창밖을 보고 있다. 그렇게 우리는 함께 좋아하는 장면을 눈에 담았다. 아주 느긋하고 여유롭게.

영향력의 무게

아이랑 손을 꼭 잡고 나란히 누워 잠을 청하던 밤, 문득 이 말을 꼭 해주고 싶었다.

"우주야, 엄마한테 와줘서 정말 고마워."

아이는 잠시 조용하더니 곧 입을 열었다.

"모라고요?"

"으응. 우리 우주가 엄마 옆에 있어 줘서 고맙다고."

내 말에 아이가 답한다.

"엄마. 우주 어디 안 갈게에~. 엄마 옆에 있을게에~."

"고마워, 우주야."

"고마워, 엄마야."

내가 고맙다니까 자기도 고맙다고 말하는 우주.

요즘 말이 부쩍 늘어 제법 대화다운 대화가 되는 아이와 이야기하다 보면, 아이가 사용하는 말 곳곳에 우리 부부가 쓰는 표현과 말투가 그대로 묻어 있어 깜짝깜짝 놀란다. 자신이 느끼고 생각하는 걸 표현할 때도 있지만 우리가 하는 말을 그대로 따라 하면서 자기 언어로 만드는 연습을 하는 게 보이기도 한다. 어떨 땐 자기만의 취향이 꽹장히 확실해 보이지만 또 어떨 땐 우리의 평가를 그대로 받아들이며 따라 하기도 한다. 맛있게 잘 먹던 음식을 아빠가 "맛없어"라고 말하는 순간 자기도 "맛없어"하고 입에서 뱉어버린다거나, "엄마는 새가 참 좋더라" 하면 바로 "우주도 새가 좋아" 한다. 우리를 보고 모방하며 그 안에서 아이가 자기만의 세계를 만들어 가는 중인 것 같은데, 그 과정을 보는 것이 참 재미있으면서도 긴장된다.

20대의 언젠가 어떤 사람이 되고 싶으냐는 질문을 받았을 때 영향력을 가진 사람이 되고 싶다고 대답했다. 그때는 돋보이고 싶었고, 특별한 사람이 되고 싶었다. 다른 사람들에게 선한 영향력을 끼치는, 멋진 사람이 되고 싶었다. 변호사, 심리학자, 천문학자, 영화감독. 바뀌긴 했지만,

어렸을 때부터 늘 무언가가 되고 싶었던 나는 30대 중반을 지나며 아무것도 되지 못했다는 사실에 얼굴이 화끈거렸다. 아무것도 되지 못한 채, 앞으로 어떻게 살면 좋을지 막막해하며 한 아이의 엄마가 되었다. 그리고 이제야 누군가에게 영향을 준다는 것이 어떤 무게를 갖는 일인지 생각한다.

하루는 아이와 놀이터에서 노는데 아이들이 버리고 간 음료수병이 보였다.

"엄마, 여기 쓰레기가 떨어져 있어요."

쓰레기는 쓰레기통에 버리는 것이라고 배운, 다른 선택지에 대해서 들어본 적 없는 아이 눈에는 아무렇게나 버려져 있는 쓰레기가 이상하게 보였나 보다. 누가 그냥 버리고 간 것 같다는 대답이 도저히 이해되지 않는지 나의 설명에 끝없는 '왜요'를 발사했다. 평소라면 지나쳤을 쓰레기를 주워 함께 분리수거장에 버려주고 나서야 묻기를 멈췄다. 버려진 쓰레기만 보면 나를 부르며 이야기하는 아이 덕분에 이제 밖에서 노는 날이면 쓰레기를 담을 비닐봉지를 하나 챙겨 나간다. 때로는 "이건 청소차가 와서 치워

줄 거야"라고 할 때도 있지만 주울 수 있는 쓰레기는 되도록 줍는다. 초등학교 때 한 달에 한 번 전교생이 나뭇젓가락과 비닐봉지를 들고 동네를 돌며 쓰레기 줍는 활동을 한 이후로 길가에 버려진 쓰레기를 줍는 건 처음이다. 고백하자면 사실 나는 그렇게 반듯한 사람이 아니다. 버려져 있는 쓰레기 따위는 그냥 지나치고, 급하면 무단횡단도 주저하지 않고, 지하철 무임승차를 한 적도 많은, 공중도덕과는 다소 거리가 있는 사람이다. 공중도덕뿐이겠는가. 어린 시절에 저지른 만행들을 하나하나 열거하자면 낯 뜨거운 일들이 셀 수 없이 많다.

알고 있다. 언제까지 아이에게 세상의 그늘을 감출 수 없다는걸. 지금은 답답하리만치 규칙에 예민한 아이도 조금씩 커가며 규칙을 어기는 것에 대해 관대해지게 될 것이고 언젠가는 내 손이 닿지 않는 곳에서 다른 세계를 만나며 내가 알 수 없는 수많은 것들로부터 더 큰 영향을 받게 될 것이다. 그래도 아직은 아이에게 바른 것, 좋은 것을 보여주고 싶다. 무심코 나오는 나의 말과 행동을 귀신처럼 보고 따라 하는 아이 앞에서 조심히 말하고, 사려 깊게 행동하려고 노력한다. 지금은 내가 아이가 바라보는 세계의 전부나 마찬가지니까. 아이에게 좋은 영향을 줄 수 있는 사람이니까.

엄마는 왜 우주를 사랑해요

아이가 태어나고 난 후, 남편과 운전 교대를 하는 것이 거의 불가능한 일이 되어버렸다. 자기 옆에 항상 엄마가 있어야 한다고 강력하게 주장하는 아이는, 아무리 설득해도 엄마가 운전하는 건 안 된단다. 가끔 아이가 차에서 잠이 들어 운전 교대를 할 때도 있었지만, 내가 운전할 때 깨서 소리를 지르며 나를 소환하는 상황을 몇 번 겪은 후부터는 그냥 운전 교대에 대한 꿈을 내려놓았다.

캠핑을 가는 날이었다. 캠핑장이 있는 강화도로 들어가는 길이 너무 막혀 차가 가는 둥 마는 둥 하고 있었다. 전날 잠을 많이 못 잔 남편의 눈은 이미 감길락 말락, 아무래도 교대 운전을 해야겠다 싶어 자리를 옮기려고 하니 아이는 절대 안 된다며 소리를 질렀다. 같은 차 안인데도, 무조건 내가 옆에 있어야 한다는 아이를 보며 궁금해졌다. 나는 어렸을 때 엄마가 없이 자랐는데, 엄마 없이 크는 아이도 있다는 사실을 이 녀석은 상상이나 할 수 있을까? 이 녀석은 엄마란 존재가 없으면 어떻게 될까?

"우주야, 우주는 엄마가 없으면 어떨 것 같아?"

"마음이 차가워져요."

"마음이 차가워져?"

"네."

"왜 마음이 차가워져?"

"엄마가 없으면 사랑의 마음들이 다 없어져 버려서 마음이 차가워져. 기분 좋은 마음들이 다 엄마한테 전달돼서 우주한테 오는데 그게 다 사라져 버려. 그러니까 마음이 차가워지지."

마치 물어봐 주길 기다린 것처럼 준비라도 한 듯 조곤조곤 열심히, 알고 있는 표현을 모두 끌어다가 자기 마음을 이야기해 주는 아이의 설명을 듣는데 나도, 남편도 눈물이 핑 돌고 말았다. 그렇구나. 엄마가 없으면 마음이 차가워지는구나. 기분 좋은 마음들은 다 엄마한테서 오는 거구나.

"우주야, 그러면 엄마가 일하러 가서 없을 때는? 그때는 마음이 어때?"

"아휴. 내가 알려줬잖아. 사랑이 다 떨어진다고. 바닥으로. 충격을 받고. 그러니까 차가워지지. 모든 사랑이 다 떨어져서."

아이는 항상 이해하기 힘들 정도로 나를 사랑했다. 아침에 일어나서 내가 안 보이면 울기 직전이 되어 온 집안을 헤매다가 내가 눈앞에 나타나면 세상에서 가장 환한 미소로 내 품에 폭 안겼고, 자기 전에는 하루 종일 같이 있었으면서도 사랑한다고, 꿈에서 또 만나자고 인사를 했다. 아침에 일어나면 세상에서 제일 사랑한다며 그 작은 입술로 뽀뽀해 주었고, 밖에서 놀다가 딴 들꽃과 풀을 선물해 준다고 한 시간을 넘게 꼭 들고 다니다 집에 온 나에게 고사리 같은 손에 든 꽃다발을 내밀었다. 내가 사랑한다는 말에, 자기는 바다만큼, 하늘만큼, 숲만큼, 자연의 사랑만큼이나 나를 사랑한다고, 생각할 수 있는 큰 것들은 모조리 나열하며 나에게 사랑을 표현해 준 것도 내 평생 우주가 처음이다.

　모성애니, 부성애니 하는 말은 많이 들어봤지만 아이의 사랑에 대해서는 들어본 적이 없었다. 그래서 아이를 키우면서 자주 놀라곤 했다. 왜지, 이 아이는 도대체 내가 왜 이렇게까지 좋은 거지, 의아했다. 특별히 대단한 걸 해 준 것도 없는데 아이는 무한한 사랑을 표현했다. 내가 아이를 사랑하는 마음에는 어느 정도의 책임감과 의무감이 섞여 있지만, 아이가 나를 사랑하는 마음은 다른 어떤 것도 섞여 있지 않은, 순수한 사랑 그 자체다. 만약 우주가 가진 사랑의 마음을 꺼내볼 수 있다면 그건 아주아주 선명하고 밝은 빨간색일 것이다. 아무리 생각해 봐도 살면서 누군가를 이토록 순수하게 사랑해 본 적은 없다. 심장이 터질 것 같은 사랑을 했을 때도 항상 어떤 전제 조건과 얄팍한 계산이 한 구석에 자리 잡고 있었다. 사랑한다고 달콤하게 속삭였지만, 언제든 수가 틀리면 돌아설 준비가 되어 있었다. 많은 순간, 사랑받는 나를 사랑할 뿐이었다.

　어느 밤. 자려고 누웠는데 아이가 물었다.

"엄마, 사랑은 왜 좋은 거예요?"

뭐라고 말해줘야 할지 몰라 잠시 고민하다가 "사랑은, 사람들 마음을 따뜻하게 해주잖아"하고 대답했다. 어둠 속에서 둘이 손을 꼭 잡고 누워 아이가 잠들길 기다리는데 또 물었다.

"엄마는 왜 우주를 사랑해요?"

갑작스러운 질문에 당황했다. 나를 사랑하는 아이의 마음이 궁금해 '우주는 엄마를 왜 사랑해?', '우주는 엄마가 왜 좋아?', 이런 질문을 한 적은 있었지만 같은 질문이 나에게 돌아올 줄은 몰랐다. 머릿속이 복잡해졌다. 나는 왜 우주를 사랑할까? 아이를 키우며 온전히 사랑받는다는 게 어떤 것인지 처음으로 알았다. 나라는 존재 자체로 사랑받는 느낌. 나는 아무리 노력해도 그만큼 순수하게, 내 온 힘을 다해 사랑해 주지 못하는 것 같아 항상 미안했다. 그렇게 부족한 엄마인 나는, 결국 적당한 대답을 찾지 못해 이렇게 말했다.

"우주는 엄마한테 세상에서 제일 소중한 존재야. 우주는 엄마 배 속에서 나왔잖아."

나도 마음에 들지 않았던 대답은 아이에게도 만족스럽지 않았나 보다. 우주가 이불을 뻥 차며 말한다.

"아니야! 나는 엄마 입속에서 나왔어! 엄마가 뭐 먹을 때 튀어나왔어!"

우주는 어떤 대답을 기대한 걸까. 나중에 또 같은 질문이 나오면 어떤 대답을 해줄 수 있을까.

사랑은 여전히 어렵다.

4부 조금 더 가까이

시시한 하루

연애 시절 때부터 질색하던 것이 하나 있다.

바로 남편의 코 파기. 연애할 때 처음으로 다 큰 성인이 코를 후벼 파는 적나라한 모습을 보게 되었다. 처음엔 당황스러워 모른 척 고개를 돌렸고, 그다음엔 어떻게 말해야 할지 몰라 난감했고 나중에는 불쾌해서 참을 수 없었다. 뻔히 상대방이 앞에 있는데, 아무렇지도 않게 손가락을 콧구멍에 집어넣고 코를 파다니. 내가 그 정도로 자신을 사랑한다고 생각하는 건지, 그 정도로 나를 무시하는 건지 알 수가 없었다. 이성적으로 타이르기도 하고, 화도 냈지만 남편은 쉽게 달라지지 않았다. 코 파는 것 때문에 헤어질 수도 있겠다 싶었다. 한 번만 더 그러면 다신 보지 않겠다고 했다. 분노 가득한 선언에 남편도 위기감이 느껴지긴 했는지 점점 조심하기 시작했다. 그러던 어느 날 그가 내게 물었다.

"너 나중에 네 애가 이렇게 코 파면 어떡할래?"

"어떡하긴. 못하게 해야지. 코 파는 거 진짜 싫어. 아무리 애여도 너무 싫을 거 같아."

임신기간에 남편에게 신신당부했다. 절대 아이 앞에서 코 파지 말라고. 아이가 보고 배우면 가만두지 않겠노라 말했다. 다행히 남편은 이제 더 이상 코를 파지 않는다. 대신 그 바통을 이어받아 아이가 시도 때도 없이 내 앞에서 코를 판다. 아마 막힌 코를 파는 건 그냥 본능인가보다. 아, 코가 잘 막히는 건 유전이려나.

아무튼 이게 무슨 조화인지, 아이는 코 파는 모습마저도 귀엽다. 조그만 손가락을 콧구멍에 밀어 넣고 어딘가에 붙어있는 코딱지의 존재를 찾아 헤매는 데 열중하는 아이의 얼굴을 보다 보면 피식 웃음이 나온다. 심지어 아이는 그렇게 찾아낸 코딱지를 항상 나에게 내민다. 보물이라도 찾은 양 '코딱지'라 외치면서. 살면서 남의 코딱지를 내 손으로 만지게 될 줄이야. 나는 아이의 말캉한 코딱지를 받아 휴지에 감싸 휴지통에 버려준다. 가끔 아이가 숨을 너무 못 쉬는 것만 같아 그 코딱지, 내가 파주겠노라고 덤벼들 때도 있다. 아이는 질색하며 도망가지만.

하루는 아이가 열심히 코를 파는 걸 보더니 남편이 나를 부른다.

"우주 엄마, 우주가 또 코 판대요."

"그냥 놔둬."

"나는? 나는, 나는? 나도 파도 돼?"

"넌 너희 엄마 앞에 가서 파. 내 앞에서 파지 말고."

"치."

영문을 모르는 아이는 우리의 대화에 전혀 아랑곳하지 않고 열심히 코를 판다. 대왕 코딱지라도 찾아내고 있는 모양이다.

"쟤 네 아들 맞네."

세 살 아이는 자신의 코딱지를 또 나에게 건네고, 큰아들로 절대 인정하고 싶지 않은 남편은 큰아들 노릇을 하려고 애쓰며 우리 세 가족의 시시한 하루가 또 지나간다.

마음 그릇을 다시 만들 수 있다면

아침에 눈을 뜨자마자 아이는 불안한 시동을 걸었다.

"아직 밤이야. 밤이면 좋겠어. 바께가(밖이) 깜깜하면 좋겠어."

사방이 깜깜해야 한다고 난데없이 떼를 쓰는 아이를 위해 살짝 열린 암막 커튼을 닫아 새어 들어오는 햇빛을 가려보았지만 소용이 없었다. 잠이 부족한 건지 계속 깜깜해야 한다며 소리를 질렀다.

"우주야, 이리 와. 엄마가 안아줄게."

안아주겠다고 다독여 봐도 소용이 없었다. 막무가내로 밤이어야 한다며 화를 냈다. 곤히 자다가 깼는데 이게 무슨 일인지, 마른하늘에 날벼락이나 마찬가지였다.

"이제 치카 안 할 거야!"

갑자기 치카를 안 한다고 짜증을 내는 걸 보니 아무래도 꿈속에서 무슨 일이 있었나 보다. 보통은 손을 잡아주거나 다독이면 잦아들기도 하는데, 아무것도 통하지 않았다. 아이는 갑자기 바닥에 떨어진 물고기처럼 온몸을 들썩거리며 침대 위에서 빙글빙글 돌았다. 온 힘을 다해 침대에 몸을 부딪치며 분노를 쏟아냈다. 아이의 악 소리는 작정하고 내뱉는 비명이었다.

"엄마, 저리 가!"

체념한 채, 나가 있는 게 나을까 싶어, 문을 향해 몸을 돌리자 아이가 또 비명을 질렀다.

"아니, 여기서 저기 가 있어!"

한참을 고래고래 악을 지르며 침대 위에서 팔딱거리는 아이를 망연자실 쳐다보았다. 그림책 속에서 화가 난 아이를 보듬는 지혜로운 엄마의 모습을 머릿속에 그려보며 아무 말 하지 않고 잠자코 기다렸다. 사실 이렇게 분노를 터뜨리는 순간에는 어떤 것도 소용이 없다. 5분? 6분? 10분? 한참을 목소리가 나오지 않을 정도로 소리를 지르던 아이가 나에게 다가왔다.

"안아주세요."

아무 말 없이 아이를 안고 가만히 머리를 쓰다듬어 주었다. 그렇게 다행히, 정말 다행히 아침의 위기를 잘 넘겼다. 같이 소리 지르지 않고, 화도 내지 않고, 잔소리도 하지 않고. 문제는 그다음이었다. 아이는 언제 그랬냐는 듯 평소의 밝은 모습으로 돌아왔지만, 나는 도저히 웃을 수가 없었다. 나의 마음 그릇은 좁아터져, 평소의 컨디션을 되찾은 아이 앞에서 아무렇지 않게 웃을 수가 없었다. 아침에 눈을 뜨자마자 아이의 분노발작을 지켜본 내 마음은 너덜너덜해졌다. 물론 쉽게 마음이 풀리지 않은 데에는 지난밤 남편과의 말다툼 탓도 있었다.

출근길 내내 아이가 도대체 왜 그랬을까, 이유를 생각해 봤다. 왜, 왜 그래야만 했을까. 뭐가 그렇게 답답했을까. 뭐가 그렇게 화가 났을까. 이유는 알 수 없지만 아마도 아이는 그렇게 한바탕 자기 안의 화를 몽땅 쏟아내고 난 후 시원해졌을 거다. 문제는 그것을 받아내야만 했던 유리 그릇 같은 나의 마음이 산산조각 나버렸다는 것.

나도 그렇다. 남편에게 쌓이고 쌓인 감정을 한꺼번에 분출할 때가 있다. 있는 말, 없는 말을 쏟아내고 한바탕 눈물이라도 흘리고 나면, 거기에 더해 남편으로부터 사과 내지는 위로의 말이라도 듣고 나면 아주 개운해지는 것이다. 문제는 다음이다. 감정을 쏟아내고 상쾌해진 나는 '우리 이제 잘해보자'가 되지만, 쏟아지는 뾰족한 말에 찔려 상처를 입은 남편은 입을 다물고 만다. 항상 그런 식이었다. 내가 한바탕 쏟아내고 나면 남편의 마음이 닫히고, 남편이 쏟아내고 나면 내 마음이 닫혀버렸다. 감정의 온도는 언제나 달라서 서로의 마음이 온전히 연결되기란 쉽지가 않다. 누군가는 다른 누군가의 온도에 맞춰야만 한다. 그리고 아이와 나의 관계에서 맞춰야 하는 사람은 항상 나다. 들쑥날쑥한 아이의 감정 온도에 맞춰 이리저리 열심히 뛰어보지만 널을 뛰는 아이의 기분은 도저히 종잡을 수가 없다. 결국 아이의 기분에 따라 내 마음도 차갑게 식었다가, 불타오르듯 뜨거워졌다가, 함께 널을 뛰고 만다.

하릴없이 포탈의 기사들을 손가락으로 넘기다가 '아이의 부정적인 감정을 해소해 줄 수 있는 부모의 말'이란 제

목의 카드 뉴스를 봤다. '괜찮아, 엄마가 옆에 있어, 안아줄까? 지금 어떤 마음인지 이야기해 줄 수 있어?' 카드 뉴스 그림 속 엄마는 마냥 자상한데, 나는 아이의 부정적인 감정 앞에서 그렇게 초연할 수가 없다. 남편의 불편한 감정 앞에서도 마찬가지다. 내 마음 그릇이 너무 작다는 걸 자꾸 느낀다. 할 수만 있다면 마음 그릇을 다시 만들어 넣고 싶다. 커다란 솥단지만 한 그릇으로, 아무리 두드리고 던져대도 깨지지 않는 무쇠 그릇으로. 천천히 끓어오르고 천천히 식는 그런 그릇으로.

우리는 한 팀이잖아

"나 문 열고 여기서 뛰어내려 버릴 거야."

남편이 냉정한 얼굴로 나를 쳐다봤다. 남편의 차가운 눈빛에 경인고속도로 위 달리는 차 안에서 조수석 차 문을 벌컥 열었다. 멀지 않은 곳에서 달려오는 다른 차가 보였다. 아찔했다.

쾅!

차 문을 열고 2초나 됐을까? 다시 차 문을 닫고 씩씩거리며 자리에 바로 앉았다. 남편은 흘긋 나를 보고 상황을 눈치챘는지 내 속을 다시 긁었다.

"야, 내가 저기 옆에 차 세워줄게. 내리려면 내려."

"야! 너 진짜 이럴래?"

아이가 태어나길 기다리던 약 10개월의 시간 동안 우리는 참 행복했다. 아이의 모습을 상상하고, 한글을 처음 배우듯 한 글자 한 글자를 짚어가며 이리저리 조합해 보고 소리 내 가며 아이의 이름을 고민했다. 아이가 크면 함께 무엇을 하고 싶은지 상상의 나래를 펼쳤다. 아이가 태어나고 조리원에 있는 동안, 기저귀 하나 제대로 갈지 못해 이모님들의 손을 다시 빌리면서도, 아이가 울면 어쩔 줄 몰라 발을 동동 구르면서도, 우리 앞에 찾아온 작은 아이를 조심스레 어루만지며 우리는 부모가 되었다는 사실에 감격했다. 아직 목도 제대로 가누지 못하는 가녀린 아이를 보며 뭉클했다. 하지만 그런 감동의 시간은 오래가지 않았다. 아이와 함께 집에 돌아와 실전 육아에 돌입하면서부터 우린 제대로 대화를 나눌 시간이 없어지고 서로에 대해 궁금해할 에너지도 없어졌다. 대화는 점점 더 짧고 간결해지는 대신 가시가 돋아나기 시작했다.

"어디야?"

"...."

"오늘 언제 와?"

"곧."

"그러니까 몇 시에 오냐고?"

"곧 간다고."

"몇 시에 오는지 알아야 내가 목욕을 시키든 말든 하지."

하루 종일 아이와 씨름하며 남편이 오기만을 하염없이 기다리던 나는 남편에게 언제 오냐고 묻는 게 일이 되었고, 남편은 '왜 빨리 오지 않느냐'는 나의 원망 섞인 물음에 지쳐갔다. 아이가 태어나고 삶이 송두리째 바뀌어 버린 것 같은 나와 다르게 남편의 삶은 크게 달라지지 않은 것 같아 억울한 마음이 든다는 사실이 또 속상했다. 내 마음을 몰라주는 남편이 야속했다. 그렇게 우리는 서로의 마음에서 멀어져가며 언제부턴가는 얼굴만 보면 날카로운 발톱을 세우고 서로를 할퀴기 바빠졌다.

6년을 친구로, 또 다른 6년을 연인으로 그리고 또 다른 6년을 부부로 살며 해가 갈수록 서로가 더 좋아지기만 한다고 말했던 우리의 행복했던 지난 시간은 순식간에 증발해 버렸다. 하루 종일 우는 아이를 안고 달래며 재우느라 시들어 갔다. 잠든 아이는 눈물 날 정도로 예뻤는데, 아이가 깨어나면 속수무책이라 눈물이 났다. 프리랜서인 남편이 일이 없으면 그냥 함께 아이를 봐줬으면 했지만, 일이 있든 없든 남편은 작업실로 출근했다. 나는 그게 못내 못마땅했고 남편은 남편대로 세상에서 가장 무거운 빈 지게를 채우느라 홀로 힘든 시간을 보냈다. 우린 각자의 동굴 속에 납작 웅크린 채 힘들어했다. 동그랗게 말린 등 위로는 뾰족한 가시가 돋아나 서로를 보듬어 줄 수 없었다.

그날은 우리의 여덟 번째 결혼기념일이었다. 아이를 어린이집에 보내고 오붓하게 식사하기 위해 서울로 가던 중이었다. 그동안 쌓인 것들을 풀어보려고 시작했던 대화는 곧 싸움이 되었고, 나는 결국 경인고속도로 위에서 그동안 쌓인 설움을 모두 쏟아냈다.

"야! 그냥 네가 져 주라고! 내가 힘들었다는 걸 왜 그렇게 인정을 못 해줘? 그냥 '힘들었구나' 해주면 되잖아. 나만 유난 떤다고 하지 말고. 그냥 좀 알아달라는 거잖아. 어?!"

아이처럼 소리 내서 엉엉 울었다. 몸이 아파 서러웠던

마음, 인정받지 못해 분했던 마음, 사랑하는 사람을 잃은 것 같아 두려웠던 마음, 사방이 막힌 곳에서 혼자 벽을 보고 있는 것처럼 답답했던 마음, 막막한 미래에 불안했던 마음. 그 모든 마음을 다 담아 열심히 소리쳐 울었다.

어떻게 화해했는지 잘 기억나지 않는다. 어쨌든 우린 그날 다시 화해했고, 맛있는 음식을 배불리 먹었고, 편지와 선물을 주고받았다. 아이가 태어나고 한 2년 동안 평생 싸울 양만큼 싸우고, 평생 미워할 양만큼을 미워한 것 같다. 지금도 물론 여전히 티격태격하며 서로에게 걸려 넘어지고, 뭘 어떻게 하면 좋을지 몰라 더듬거린다. 하지만 그 사이 우리는 싸움을 키우지 않을 마법의 언어를 발견했다. 싸움이 심각해지기 전, 누구든 조금 더 여유 있는 사람이 이렇게 말한다.

"야, 우리 같은 팀끼리 이러지 말자. 너랑 나랑 출산 동지, 육아 동지잖아. 잊었어?"

맞다. 남편과 나는 출산 동지, 육아 동지다. 18시간 가까이 남편을 의지해 진통의 고통을 견뎌냈고, 밤새도록 우는 아이를 서로 번갈아 가며 안고 달래며 밤을 지새웠다.

우리는 그 힘든 시간을 함께 지나온 동지다. 변하지 않는 그 사실을, 누가 이기는 게 중요한 게 아니라는 걸, 가끔은 아무리 옳은 말이라도 그냥 삼키는 게 낫다는 걸, 누가 맞건 틀리건 우리는 한 팀이라는 걸, 사실은 우리가 서로를 참 좋아한다는 걸, 그것들을 알기까지 참으로 오래 걸렸다.

조금은 분하더라도 하고 싶은 말을 잠시 참고 주먹 박치기를 하며 서로 마주 볼 때가 있다. 그러면 아이는 쪼르르 달려와 자기도 주먹 박치기를 하겠다고 짧은 팔을 뻗는다. 아이는 알까? 처음으로 부모가 되어본 우리 두 사람이 매일 부딪히고 걸려 넘어지며 자기와 함께 자라고 있다는 걸. 자신이 우리 두 사람을 자라나게 하고 있다는걸.

소곤소곤

결혼 10주년 기념일을 앞두고 생각이 많아졌다. 지난 몇 년간, 단단하다고 여겼던 관계에 조금씩 균열이 생겼고, 급한 대로 꾸역꾸역 메꾼 부분은 더 큰 문제를 터뜨리며 깨졌다. 아이가 커가면서 우리의 관계도 조금씩 나아지는 듯했지만, 아무래도 예전만큼 단단해지진 못했다. 우리는 아주 조그만 자극에도 금세 깨어질 유리처럼 아슬아슬, 위태로웠다. 결혼 10주년을 기점으로 서로에 대해, 우리가 함께 할 미래에 대해 진솔하게 이야기를 나누는 시간을 만들고 싶었다.

"우리, 결혼 10주년 기념 워크숍 하는 거 어때?"

"워크숍?"

"응. 결혼 10주년 기념 부부 워크숍!"

시큰둥할 줄 알았던 남편은 의외로 쉽게 제안을 수락했다. 둘이 이야기하면 잘 안될 것 같으니 진행자가 있으면 좋겠다는 의견까지 덧붙이면서. 남편의 말을 듣자마자 1박 2일 워크숍 계획이 머릿속에 그려졌다. 전국 사방팔방을 돌아다니며 사람들을 연결하고, 사람들의 숨은 이야기를 끌어내는 데 천부적인 재능을 가진, 그야말로 워크숍 전문가가 지인 중에 있었다. 그와 함께라면 부부 워크숍은 잘 진행될 것이 분명했다. 결혼 10주년을 맞아 서로가 중요하게 생각하는 것을 이야기하고 앞으로 10년을 어떻게 살아갈지 이야기 나누는 워크숍을 진행해 줄 수 있겠냐는 부탁에 지인은 흔쾌히 오케이를 해줬다. 어떤 보수도 돌아오지 않는 아주 사적인 일에 워크숍 현수막까지 직접 디자인해 주고, 워크숍 프로그램을 기획해주는 것도 모자라 결혼기념일 선물로 고소한 냄새가 폴폴 풍기는 볶은 깨까지 준비해 준 덕분에 우리의 10주년 기념일은 분에 넘치게 충만했다.

지인이 준비해 온 프로그램은 우리 가족의 '가훈'을 만들어 보는 것이었다. 가훈을 만들기 위해서는 서로가 중요하게 생각하는 가치를 이야기해야 하고, 서로가 중요하게 생각하는 가치를 찾기 위해서는 지나온 삶을 돌아봐야 했다. 우리 부부는 지인이 이끌어 주는 대로 그동안 살아오면서 가장 인상 깊었던 순간, 우리 가족이 행복했던 기억, 중요하게 생각하는 가치를 떠올리고 써보았다. 강사양성과정 같은 교육 프로그램을 진행하면서 동료들과 비슷한 것을 해본 적은 있었지만 남편과 이런 이야기를 나눠본 건 처음이었다. 사뭇 진지하게 자기의 기억과 감정을 떠올려 적어 내려간 남편의 워크시트에는 그간 알지 못했던 남편이 있었다. 나에게는 아무것도 아닌 일이 남편에게는 불안을 자극하는 엄청난 일이었다는 것을 만난 지 20년 만에 알게 되었다.

스무 살에 친구로 만나 연인으로, 부부로 오랜 시간을 함께했지만 그 '오랜 시간' 때문에 오히려 서로에 대해 더 알아보려는 노력을 놓고 지낸 건 아닐까. 너무 익숙해서, 너무 가까이 있어서 다 안다고 생각했지만 사실 함께 쌓아온 시간의 양만큼 멀리, 서로 다른 궤적을 그리며 서로가 볼 수 없는 곳으로 가고 있었던 건 아닐까. 그래서 예전에 알던 서로의 모습을 그리워하며 눈앞에 보이는 상대방을 원망했던 건지도 모른다. 미처 알지 못했던 서로의 새로운 면을 발견해 나가며 우리는 공통으로 묶을 수 있는 키워드를 찾아냈다. 비록 우리의 표현 방식은 달랐지만 다행히 우리에게는 여전히 많은 공통 분모가 존재했다. '자연', '친밀함', '소소한 행복', '여유로움'과 같은.

워크숍의 마지막 미션은 그 공통 키워드로 가훈 만들기였는데 도저히 좋은 문구가 떠오르지 않았다. 우리는 한참 동안 머리를 맞대고 끙끙댔다.

"소곤소곤 어때?"

"뭐?"

얼토당토않은 말에 눈을 동그랗게 뜨고 남편을 쳐다봤다. 아이가 태어나고 가훈이 하나 있으면 좋겠다고 처음 말을 꺼냈던 건 남편이었다. 하지만 무려 '가훈' 정도가 될 수 있는 멋진 말과 정말로 중요하다고 생각하는 단 하나의 가치를 정하는 게 어려워 계속 미루다가 결국 아이가 다섯 살이 될 때까지 가훈을 정하지 못하고 있었다. 그런데 '소곤소곤'이라니.

"소곤소곤? 왜?"

황당해하는 나에게 남편이 조곤조곤 설명했다.

"작게 이야기하면 잘 들어야 하니까 귀를 기울이고 가까이 가야 하잖아. 서로의 말을 잘 듣고, 가까이서, 작은 목소리로 소곤소곤하자고."

남편의 설명에 눈이 번쩍 뜨였다. 상상하던 멋진 가훈은 아니었지만 마음에 쏙 들었다.

"좋아! 소곤소곤!"

하얀 눈발이 날리던 차가운 2월의 겨울밤, 우리 집 가훈은 그렇게 만들어졌다. 함께 해온 시간이 두텁게 쌓여가며, 그 시간만큼 서로에게서 멀어지고 말았다. 이제는 다시 되돌아서서 서로에게 돌아갈 때가 되었다는 걸, 여전히 둘 다 서로에게 가까이 다가가고 싶다는 걸 다행히도 그날 깨달았다. 조금 더 가까이 다가가서 하루하루 살아가며 느끼는 소소한 감정들을 소곤소곤 나눌 수 있기를, 그날 밤을 환하게 밝혀주던 달을 보며 여러 번 바라고 바랐다.

우리 가족은 모두 여섯

숫자를 조금씩 셀 수 있게 된 아이에게 물었다.

"우주야, 우리 가족은 몇 명이야?"

아직 손가락을 하나씩 접었다 폈다 하는 게 서툰 아이는 다섯 손가락을 활짝 펼친 후, 엄지부터 접기 시작했다. 엄지 하나에 엄마, 검지 하나에 아빠, 중지 하나에 우주. 중지 하나를 접으려는데 자꾸 다른 손가락이 따라 내려온다. 따라 내려오는 손가락을 휘리릭 접으며 말한다.

"그리고 순이랑 해로랑 유로랑"

생각지도 못했는데 고양이들까지 빠뜨리지 않고 말하는 마음이 예뻐 다시 한번 손가락을 하나씩 같이 접어 나갔다.

"엄마랑 아빠랑 우주랑 순이랑 해로랑 유로랑. 그러면 모두 여섯이네!"

아이는 내 손 모양을 빤히 바라보더니 곧 자기도 두 손을 펼쳐 보인다. '여섯' 하면서.

우리 가족은 여섯이다. 사람 셋, 고양이 셋. 이제는 아이에게 가려 존재감이 미미해져 버렸지만, 고양이들은 아이가 태어나기 훨씬 전부터 나와 함께 살았던 가족이다. 18년을 나와 함께 산 할머니 유로, 남대문 시장 어딘가에서 묘연이 닿아 나와 함께 살게 된 12살 해로, 우주의 첫 동물 친구 순이까지.

하루는 남편이 아이한테 "우주야, 너는 아빠 배 속에서 태어났어"라며 장난을 치기 시작했다. 아이는 "아니야, 나는 엄마 배 속에서 태어났어"라고 대꾸했다. 남편은 그게 뭐가 그리도 재밌는지 자꾸 아니라며 아이를 놀린다. 남편의 계속되는 놀림에 아이는 발끈하더니 빽 소리를 질렀다.

"아니거든! 나랑 순이랑 엄마 배 속에서 같이 태어났거든!"

순이는 우주가 태어났을 때부터 같이 있었던 친구란

말을 해줬는데, 순이도 엄마 배 속에서 같이 태어났다고 하면 자기 말이 더 설득력 있다고 생각한 걸까. 아이의 당당한 외침에 졸지에 순이 엄마가 되어버린 나와 굳이 우주를 품었노라 우기던 남편은 풉- 웃음이 터지고 말았다. 순이는 뭔가 잘못된 게 아닐까 싶을 정도로 고양이보다 강아지에 가까운 면모를 가지고 있다. 사람을 너무 좋아하고, 무엇이든 핥는 걸 좋아하고, 고양이치고 조심성도 없고, 뭐든 입으로 물어뜯는다. 하지만 그런 순이는 아이가 어렸을 때부터 아주 좋은 친구가 되어주었다. 해로와 유로는 아직도 아이가 집에 들어오는 소리가 들리면 후다닥 숨기 바쁜데, 순이는 자기를 과하게 끌어안는 아이 옆에 항상 머문다. 심지어 순이를 타겠다고 순이 위에 앉아도 가만히 등을 낮추고 아이를 견딘다. 발바닥 젤리 만지는 걸 허락해 주는 것도 순이밖에 없다. 아이가 태어나고 우리 집 고양이들은 안방 출입이 금지되었는데, 순이는 호시탐탐 출입을 노리고 시도한다. 가끔은 그냥 들여보내 주기도 하지만 어떨 땐 호되게 소리를 치며 쫓아버리는데 그럴 때 순이 편을 들어주는 건 우주다.

"엄마 순이한테 친절하게 좀 해줘요."

아이가 태어나고 한동안, 아니 꽤 오랫동안 나는 고양이들에게 정말 무심한 집사였다. 지금도 그리 사정이 좋아지진 않았지만, 갓난아기였을 땐 도저히 고양이들을 돌볼, 아니 쳐다볼 여력도 없었다. 밥과 물을 주고 화장실을 치우는 것이 내가 해줄 수 있는 전부였다. 아이를 돌보느라 모든 에너지가 소진되어 도저히 고양이들까지 돌볼 수가 없었다. 그렇게 1년이 한참 지나고 나서, 이제 좀 한숨을 돌릴 수 있겠다 싶었을 때 고양이들을 봤다. 고양이들은 아무런 원망도 노여움도 없이 나에게 다가왔다. 예의 그 보드라운 털을 나에게 간질이며. 한 마리는 머리를 비비고, 한 마리는 엉덩이를 들이밀고, 한 마리는 냉장고 앞에 앉아 가느다란 목소리로 '야옹'하고. 그렇게 고양이들은 변함없는 모습으로 그 자리에서 나를 기다리고 있었다. 아마도 가족이니까 그럴 수 있었던 거라고 생각한다. 가족이니까 그 까칠한 해로도 아이한테 하악질 한 번을 안 한 거다. 가족이니까 손 많이 가고 말 많은 아이를 상대하느라 지쳐버린 나의 사정을 이해하고 기다려 준 거다. 가족이니까.

맞다. 우리 가족은 모두 여섯이다. 유난히 열이 많은 남편과 아이, 보들보들한 털과 까슬까슬한 혓바닥을 가진 고양이 세 마리 그리고 몹시도 예민해져 있는 초보 엄마인 나까지, 모두 여섯. 아이와 고양이가 있는 집은 매우 분주하지만, 또 매우 따뜻하다. 우리보다 더 뜨거운 체온을 가진 존재가 이렇게나 많으니 따뜻함이 가득하다.

*

2023년 가을, 유로가 만 19세의 나이로 무지개다리를 건넜다. 햇빛을 좋아하던 유로는 우리 집에서 가장 해가 잘 드는 창가에서 아직 우리 곁에 머물고 있다. 가끔씩 유골함 앞에 놓인 유로의 사진을 들고 유로에게 잘 있냐고 인사를 건네는 아이에게 많은 위로를 받고 있다.

5부 작은 보폭으로 한 걸음 한 걸음

친구들아 미안하다

"그러면 아기는 재워놓고 오신 거예요?"

첫 출근 날, 공간 소개를 해주던 직원이 조심스레 물었다.

"재우다니요. 아이는 어린이집에 갔죠!"

"아아."

"아기가 하루 종일 자지는 않는답니다."

나의 대답에 멋쩍어하는 30대 초반 남자 직원의 말간 얼굴이 꼭 예전의 나 같았다. 나는 정말 아이들에게 관심이 없었다. 길을 가다가 어린아이들이나 아기를 보며 귀엽다고 멈춰 선 적도, 괜히 친한 척 인사를 한 적도 없다. 초등학교 3학년 정도부터 내가 '다 컸다'고 생각했기 때문에 조금 큰 어린이들은 그다지 귀엽게 느껴지지 않았고, 그보다 어린아이들은 미지의 영역이라 다가서기 쉽지 않았다. 물론 그다지 궁금하지 않기도 했다. 그냥 그들은 작은 사람일 뿐이었다.

친구들이 하나둘 결혼을 하고 임신 소식을 알려왔을 때도 큰 감흥이 없었다. 축하 인사를 건네긴 했지만 형식적인 인사에 가까웠다. (미안하다, 친구들아. 그땐 잘 몰랐어.) 한 번은 친구 여럿이 모여 어렵게 첫 아이를 낳은 친구네 집에 가기로 했다. 당시 보드게임에 푹 빠져 여러 종류의 보드게임을 사 모으던 나는 친구들을 만나면 보드게임을 해야겠다고 룰루랄라 신나서 가볍게 할 수 있는 보드게임을 신중하게 골라서 챙겨 갔다. (친구야, 다시 한번 미안하다.) 친구들은 아기를 한 번씩 안아봤지만, 나는 손을 저으며 마다했다. 그때는 너무 작은 아기를 안는 게 무서웠다. 친구와 친구 남편의 얼굴을 골고루 닮은 아기를 잠시 신기하게 쳐다보고 친구의 산후 근황 이야기를 나눈 후 보드게임을 하자고 말했다. 다른 친구들은 나를 어떻게 말리겠냐는 듯 마지못해 자리에 앉았다. 친구가 아이를 보기 위해 분주히 오가는 동안 우린 작은방에 모여 보드게임을 했다. (맙소사, 이런 진상이 또 있을까!)

아이를 재우고 왔냐고 묻는 30대 초반 남자 직원의 이야기를 남편에게 들려주며 어쩌면 이렇게도 아이에 대해, 육아에 대해 무지한지 모르겠다고 한숨을 내쉬었지만 사실 내가 바로 그런 무지한 사람이었다. 그래서 임신했을 때, 마치 자기 일처럼 기뻐하며 축하해 주던 사람들의 반응에 첫 번째로 놀랐고, 아이를 낳았다고 뭐 하나 챙겨준 적 없는 나에게 온갖 용품들을 다 챙겨서 보내주던 친구들의 마음 씀씀이에 두 번째로 놀랐다. 이미 아이를 낳고 키워본 친구들은 신생아를 키우느라 쩔쩔매는 나를 위해 밥도 차려주고 설거지도 해주고 아이도 안아 주었다. 얼마나 힘드냐고, 잠은 좀 잤냐고 건네는 그들의 말에 나는 콧등이 시큰해졌다. 친한 언니 한 명은 애를 봐줄 테니 가서 바람을 쐬든 영화를 보든 하라고, 자신의 시간을 통째로 내주기도 했다. 임신하고, 아이를 낳고 키우면서 상상 이상으로 많은 도움과 사랑을 받았다. 내가 베풀지 못한 사랑과 배려를 받으면 받을수록 부끄러웠다. 그때는 미처 몰랐지만 친구들에게는 너무나 특별했을 그 순간을 진심으로 축하해 주지 못해서, 친구들이 얼마나 힘든 시간을 고군분투하며 보냈는지 알아주지 못해서 미안했다.

커가는 아이의 사진을 하루에도 수십 장씩 찍으며 보고 또 본다. 고양이들 사진으로 가득하던 휴대폰 앨범은 어느새 아이 얼굴로 도배가 되어버렸다. 사진이 너무 많은 것 같아 지우려고 마음을 먹고 한 장씩 넘겨보지만 비슷하면서도 조금씩 다른 아이 표정에 도저히 어느 것 하나 쉽게 지울 수가 없다. 그러다 문득 '아이 사진 보여줄까'라고 묻는 선배에게 짓궂게 '딱 한 장만 볼게요'라고 말했던 순간이 떠올랐다. 무심한 척 다른 사람의 소중한 존재를 외면하던 나의 철없는 얼굴에 볼이 화끈거렸다. 아마 그 선배의 휴대전화에도 도저히 지울 수 없는 비슷한 모습의 아이 사진이 수천 장은 들어있었겠지. 아이를 낳고 키우면서 내가 몰랐던 마음의 영역을 조금씩 알아가고 있다. 다행이다. 적어도 앞으로는 누군가의 아주 특별한 순간을 더 기쁘게 축하해 주고, 그들의 소중한 존재 앞에서 조금 더 다정해질 수 있을 테니.

고양이를 키워봤으니 아이도

결혼 3~4년 차 정도 되었을 때 잠시 아이를 갖는 것에 대해 진지하게 고민을 한 적이 있다. 아이를 가져야 할까? 갖는다면, 언제가 좋을까? 둘 중 한 명만 아이를 원한다면 누구의 의견을 따라야 하는 걸까? 아이를 갖게 되면 무엇이 달라질까? 아이가 생기면 난 좋은 엄마가 될 수 있을까? 정답이 없는 문제를 가지고 도돌이표처럼 반복되는 질문을 혼자 던져보곤 했다. 아이는 결혼 생활에 그냥 부록처럼 따라오는 당연한 존재가 아니라는 생각이 점점 커지기도 했고, 내가 아이를 잘 키울 수 없을 것 같단 불안감도 끊임없이 나를 망설이게 했다.

나는 둔감한 사람이다. 아주 옛날부터 그랬다. 친구들

이 머리를 하고 나타나도 전혀 알아차리지 못했고 한 번 잠들면 너무 깊이 자서 아무 소리도 듣지 못했다. 어디서든 머리만 대면 자는 게 특기라면 특기였다. 관찰력도, 예민한 감각도 없는 나 같은 사람이 누군가를 보살피고 키운다는 건 상상이 되지 않았다. 그런 내가 고양이 집사가 된 건 순전히 우연이었다.

대학교 3학년 1학기. 학교 창고에서 밤샘 작업을 하고 있는데 어디선가 새끼 고양이 우는 소리가 들리기 시작했다. 촬영하는데 계속 울어대는 고양이는 골칫거리였다. 결국 작업을 중단하고 다들 온 정신을 집중해 울음소리가 나는 곳을 찾아 헤맸다. 얼마 지나지 않아 창고 구석에서 눈에 고름이 잔뜩 낀 새끼 고양이 두 마리를 발견했다. 어른 주먹만 한 크기의 고양이들은 그냥 놔두면 언제 죽어도 이상하지 않은 상태였다. 짧은 탄식이 여기저기서 터져 나왔다. 한 선배가 그랬다. 고양이들은 몸이 약한 새끼들을 버리는데, 아무래도 어미한테 버림을 받은 것 같다고. 눈도 뜨지 못한 채 선홍빛 입을 벌리고 아기 새처럼 울어대는 고양이들의 까슬까슬한 솜털이 내 마음을 삐죽삐죽 찔렀다. 어미는 이 새끼들을 정말 버리고 간 걸까? 고양이를 한 번도 키워본 적 없고, 그렇다고 특별히 고양이를 좋아하는 것도 아니었는데 나는 그 고양이 두 마리를 데리고 가겠다고 했다. 지금 생각해도 왜 그랬는지 모르겠다. 동물 병원에 갔다. 수의사는 익숙한 손놀림으로 두 눈 가득 낀 고름을 닦아주고, 고양이를 이리저리 살펴보더니 태어난 지 한 달 정도 된 것 같다고 했다. 탈수 상태라 일단은 잘 먹고 체력이 회복되는 게 중요하다고 해서 추천해 준 초유와 사료를 사 가지고 집에 돌아왔다. 배운 대로 딱딱한 사료를 먹기 좋게 물에 불려주고, 주사기에 초유를 넣어 입에 넣어 주었다. 배변을 유도하기 위해 따뜻한 물을 적신 손수건으로 항문을 톡톡 두드려 주기도 했다. 가만히 누워 초유만 겨우 입에 넣던 고양이들이 조금씩 사료를 먹기 시작했다. 까만 털 아이는 가로, 회색 털 아이는 세로라고 이름 붙여 주었다. 고양이에 대해 아무것도 몰랐던 나는 그렇게 초보 집사가 되었고, 곧 주변에서 고양이 박사라는 소리까지 듣게 되었다.

"다경쌤은 고양이도 키워보고, 고양이도 좋아하니까

애도 잘 키울 거예요."

"아... 정말요?"

"애 키우다 보면 동물 같단 생각이 많이 들거든요. 쌤은 잘할 거 같아요."

아, 고양이를 키워본 정도의 경험이면 되는 거구나. 그 말에 출산과 육아에 대한 막연한 두려움이 사라졌다. 정말 그런 줄 알았다. 이미 아이가 둘이나 있는 이의 말이었으니까 정말 그 정도의 경험이면 되는 줄 알았다. 아이를 키운다는 건, 인간의 언어로 소통이 되지 않는 동물의 마음을 헤아리며 의식주를 해결해 주는 수고로움과 집을 떠나 멀리 여행을 갈 때 고양이들을 맡아줄 누군가를 찾아야 하는 불편함을 동반하는 것 정도라 생각했다. 그래서 덜컥 임신이 되었을 때 당혹스럽기는 했지만 아이를 키운다는 것에 대해 크게 겁이 나지 않았다. 나는 15년 차 고양이 집사 아닌가!

아이를 낳고 피곤함에 절어 지내던 어느 날. 문득 그 동료의 말이 떠올랐다. 괜히 화가 났다. 혼자 애 키우는 게 억울해서 나한테 별거 아니라고 한 거 아닌가 하는 생각마저 들었다. 아이 때문에 잠을 못 자는 게 그이 탓도 아닌데, 엄한 데다 화풀이를 했다.

아기는 고양이와 달랐다. 신생아는 하루 12시간 넘게 잔대서 고양이랑 비슷하다 생각했는데, 맙소사, 연속으로 12시간 자는 게 아니었다. 아기는 한두 시간 간격으로 배를 채워줘야 잘 수 있었고, 그나마도 재워주지 않으면 자지 못했다. 어찌 된 일인지 아기는 안아줘도 울었고, 내려놓으면 더 울었다. 우는 아기를 어르며 거실을 왔다 갔다 하노라면 고양이들이 조심스레 다가와 눈을 동그랗게 뜨고 쳐다봤다. 네 번째 고양이쯤 될 줄 알았던 아기는 독보적인 존재감을 드러내며 내 모든 관심과 손길을 요구했다. 고양이들은 자연스럽게 뒷순위로 밀려났다. 그래도 알아서 잘 먹고, 잘 싸고, 잘 자는 고양이들이 참 고마웠다. 잘 먹고, 잘 싸고, 잘 자는 일이 얼마나 대단한 일인지 아이를 키우며 알게 되었다.

그러고 보면 아이를 키우면서 알게 된 사실이 참 많다. 얼굴이 새빨개져 헉헉대며 젖을 빠는 아이를 보며 젖 먹는 힘을 다한다는 게 어떤 건지 알게 되었고, 아기를 낳는다고 바로 노련한 엄마가 되지 않는다는 사실도 알게 되었다. 젖을 조금만 빨아도 힘에 겨워하던 아이가 10분은 아무렇지도 않게 젖을 빨 수 있을 때쯤, 나와 남편은 아이가 보내는 여러 신호들을 제법 구분하고 이해할 수 있게 되었다. 기저귀를 가는 손놀림도 빨라졌고, 속싸개도 제대로 쌀 줄 몰라 진땀 흘리던 나는 꽤 익숙하게 아이의 옷을 갈아입힐 수 있게 되었다. 아이가 나와 눈을 마주치고 교감하는 미소를 짓게 되었을 때쯤에는 자연스럽게 나를 '엄마'라고 지칭하며 말할 수 있게 되었다. 아직은 아이를 가질 준비가 안 되었다고 미루고 또 미루던 우리에게 아이는 예고 없이 찾아왔다. 어쩌면 아이 낳을 준비라는 건 아이가 생기고 나서야 시작되는 게 아닌가 싶다. 아기를 낳는다고 바로 엄마가 되는 게 아닌 것처럼, '엄마'와 '아빠'는 완성형이 아니라 아이와 함께 계속 크는 존재라는 걸 어렴풋이 알게 되었다.

아, 아이를 키우며 알게 된 사실 하나. 고양이를 키워봤다고 아이를 잘 키우는 건 절대 아니라는 것.

넓어진 세계

에라, 모르겠다.

모래 놀이터에서 노는 아이 곁에 쭈그리고 앉아 있다가 도저히 안 되겠다 싶어 그냥 철퍼덕, 자리에 주저앉았다. 아이는 금방 일어날 것 같지 않았다. 모래를 가지고 노는 아이 곁에 앉아 손으로 모래를 쥐어보는데 가슬가슬한 모래 느낌이 나쁘지 않다. 손 틈 사이로 빠져나가는 모래 사이사이 작은 조개껍데기 부스러기가 보인다. 어릴 적 가지고 놀던 모래와 다르지 않다.

"우주야, 이거 봐봐."

모래를 열심히 끌어모아 작은 모래 산을 만들었다. 그리고 그 한가운데 나뭇가지 하나를 꽂고, 나뭇가지가 넘어지지 않게 모래를 자기 앞으로 가지고 오는 놀이를 보여줬다. 아직 어린아이는 규칙을 제대로 이해하지도, 나뭇가지가 넘어지지 않게 조심하는 방법도 몰랐지만 나를 따라 모래 산의 모래를 제 앞으로 가지고 가며 재미있어했다. 곧 옆에서 놀던 다른 아이들이 하나둘 모여들었다. 저도 이거 할 줄 알아요, 하는 아이도 있었고 아무 말 없이 우리 틈에 끼어 같이 모래 산을 쌓는 아이도 있었다. 언제 이렇게 모래 위에 주저앉아 모래를 가지고 놀았었는지 까마득했다. 아이 뒤를 쫓아다니며 아이랑 놀아주던 나는 어느새 아이처럼 함께 놀고 있었다. 아이 덕분에 잊고 있던 유년 시절 생각이 많이 난다. 오래전 지나가 버린, 나도 모르게 잊고 있던 유년 시절을 다시 한번 보내는 것만 같다. 아이와 개미들의 행렬을 구경하다 보면 초등학교 운동장 한구석에서 하릴없이 개미들이 지나다니는 걸 보던 어린 내 모습이 생각나고, 곤충채집망을 들고 다니는 아이들과 인사를 나누며 아이들이 잡은 메뚜기며 잠자리를 우주에게 보여줄 때는 나도 10살 어린이가 되어있다.

그뿐인가. 아이 덕분에 나의 세계는 넓어지고 다채로

워졌다. 처음 아이가 태어났을 때 한동안은 나의 세계가 집 안으로 한껏 쪼그라들어 버렸다고 생각했다. 하지만 아이가 자라면서 오히려 내가 발붙이고 살아가는 세계는 더 넓어졌다. 같은 동네에 6년 넘게 살면서도 늘 집과 지하철 역만 점처럼 찍고 다니던 나는, 아이 덕분에 내가 사는 동네 구석구석을 돌아다니게 되었다. 어린이집은 집에서 빠른 걸음으로 5분이면 갈 수 있었지만, 나와 아이는 매일 아침 20분 가까이 길에서 시간을 보냈다. 아이는 돌멩이도 구경해야 했고, 민들레 홀씨가 보이면 그것을 꺾어 있는 힘껏 바람을 불어야 했고, 개미가 보이면 개미들이 어디로 가는지 한참을 쳐다봐야 했다. 아이 덕분에 오랫동안 손바닥 안 스마트폰에 머물러 있던 내 시선은 아래로, 아래로 내려갔다. 어린이집이 끝나면 아이는 집에 들어가기를 거부했다. 어쩔 수 없이 자전거 유모차에 아이를 태우고 두 시간 가까이 매일매일 동네를 돌아다녔다. 그해, 우리 동네에 예쁜 장미꽃 길이 있다는 것도, 정말 많은 자동차 정비소가 있다는 사실도 처음 알게 되었다. 자동차를 좋아하는 아이 덕분에 30분 가까이 공사장 옆에서 굴착기

175

의 움직임을 볼 수 있었고, 아이 덕분에 나이도 잊은 채 까끌까끌한 모래의 촉감을 마음껏 느껴볼 수 있었다. 아이에게 사물의 이름들을 하나하나 힘주어 말해주면서 그것들을 새로운 눈으로 다시 보게 되었다. 너무 익숙해서 무심코 지나가던 것들이 아이 덕분에 모두 다르게 보였다. 밖에 있는 시간이 길어지면서 마주치는 사람도 많아졌다. 자동차 정비소 아저씨는 우리가 다가가면 환하게 웃으며 아이에게 또 왔냐고 인사를 해주었다. 산책하며 알게 된 김구이 가게 사장님은 김을 사러 들어가면 갓 구운 고소한 김을 살짝 뜯어 아이 손에 쥐여 주셨다. 날이 더워지면서 가게 된 동네 도서관 유아열람실에서는 비슷한 또래 아이를 키우는 엄마들을 만나 조금씩 인사를 하고 이야기를 나누게 되었다. 놀이터에선 매일 같이 나와서 노는 꼬마들과 꽤 친해져 이름도 부르게 되었고, 그 꼬마들의 엄마, 아빠와도 마주치면 반갑게 인사를 하는 사이가 되었다.

아이가 없었다면 남편과 나는 아마도 여전히 점으로만 존재하는 집에서 서로만 바라보며 바쁘게 살아갔을 거다. 우리의 취향과는 상관없이 아이의 물건들로 가득 차버린

'아이가 있는 집'은 어느새 집 밖으로 점점 반경을 넓히며 뜻밖의 만남과 발견의 즐거움을 주고 있다. 아이가 처음으로 경험하는 세상, 아이가 처음으로 배우는 세상을 아이의 눈으로 함께 바라보며 나는, 내 세계를 조금씩 더 넓혀간다.

이야기가 많아졌다

대학을 졸업하면서 영화를 하지 말아야겠다고 생각한 데에는 몇 가지 이유가 있는데, 그중 하나는 재능 부족이다. 나는 이야기꾼으로서 영 소질이 없었다. 말을 하는 것보다 듣는 쪽에 가까운 사람이어서 술자리나 친구들과의 모임에서 주로 듣기만 했다. 여러 사람이 주목할 만한 이야깃거리도 없었거니와 빠르게 바뀌는 화제에 재빠르게 적응하지도 못했다. 누군가를 만나면 무슨 이야길 꺼내야하나 그게 늘 고민이었다. 그런데 요즘 나는 마치 내가 세상 어디에도 없는 타고난 이야기꾼이 된 것만 같다. 자기 전에 4~5권의 책을 읽고도 잠자리에 누우면 또다시 이야기해달라는 아이 덕분에 매일 밤 있는 말, 없는 말 다 동원해 이야기를 만들어 낸다. 처음엔 '청개구리'나 '흥부와 놀부' 같은, 어렸을 때 많이 들었던 전래동화 이야기를 해주었는데 어느 순간 머릿속에 저장된 이야기가 다 바닥이 나버렸다. 그때부터 이야기를 지어내기 시작했다. 이야기는 대부분 나의 지난 여행에서 시작되어 밑도 끝도 없는 뻥으로 마무리된다.

"엄마랑 아빠가 태평양 바다를 여행할 때였어. 엄마랑 아빠는 아주 특별한 옷을 입고 바닷속을 헤엄치고 있었지. 근데 어디선가 '살려 주세요' 하는 소리가 들리는 거야! 소리 나는 곳으로 가보니 바위틈에 아기 돌고래가 끼어서 울고 있지 뭐야."

잠시 다음 전개를 생각하느라 뜸을 들이면 우주가 "그래서요? 그래서 어떻게 됐는데요?" 하고 보챈다. 우리가 구해준 돌고래가 우리를 등에 태우고 바다를 여행시켜 줬다느니, 망치 상어가 나타나서 한참을 도망가다가 바다거북이가 구해줘서 겨우 물 밖으로 나왔다느니 하는 허무맹랑한 이야기를 어찌나 진지하고 재미있게 듣는지, 내 손을 꼭 잡고 누워 빨리 다음 이야기를 해달라고 재촉하는 아이가 실망하지 않도록 나는 더 극적인 순간을 만들어 낸다. 이야기가 마음에 들 때면 나의 작은 독자는 '한 번 더, 한 번 더'를 외치며 나를 으쓱하게 만들기도 한다.

아이가 태어나고 신기할 정도로 말이 많아졌다. 의사 표현이라고는 우는 게 전부였던 때부터 아이를 무릎 위에 앉혀 놓고 혼자 이러쿵저러쿵, 아이를 안고 집안 곳곳을 돌아다니면서도 소품들에 얽힌 이야기를 들려주며 혼자 주절주절, 그렇게 끊임없이 말을 했다. 그렇게라도 하지 않으면 시간이 가지 않았다. 아이가 말을 배우기 시작할 때부터는 눈에 보이는 모든 사물의 이름을 한 음절, 한 음절 꾹꾹 짚어가며 열심히 이야기했고, 육아에 대한 어려움을 느낄 때면 그게 누구든 아이를 키우는 사람이면 붙들고 이런저런 고민을 토로했다. 하루하루 커가는 아이의 모든 것이 신기하고 재미있고 사랑스러워 아이에 대해 이야기하고 싶었는데, 안타깝게도 남편 말고는 들어줄 사람이 없었다. 그나마도 남편이 바쁜 날이면 나에겐 더없이 특별한 그 순간들을 털어놓을 데가 없어 잘 하지 않던 SNS까지 하게 되었지만 부족함을 느꼈다. 치열했던 숱한 낮과

밤들이 그냥 '아이나 키우며 보낸 날들'로 쉽게 날아가 버릴 것만 같아서 나와 아이의 이야기를 글로 옮기기 시작했다. 가끔 아이가 혼자 잘 놀고 있는 틈을 타 식탁에 앉아 메모를 할 때가 있다. 어느 저녁, 뭔가를 적고 있는데 아이가 자기도 일을 하겠다며 사인펜을 들고 득달같이 달려왔다. 그러고는 내가 쓰는 종이 옆 빈 곳에 열심히 작은 점들을 찍기 시작했다.

"엄마 저도 잘 쓰죠?"

아이가 아무렇게나 찍어놓은 수많은 점을 보며 이 점들이 이어져 선이 될 날을, 그 선이 의미를 갖는 문자가 될 날을 그려본다. 언젠가 내가 새겨놓은 이야기를 펼쳐 볼 날을, 나와 함께 무언가를 써나갈 날을 상상해 본다. 아이 덕분에 나는 이야기가 많은 사람이 되었다. 그리고 더 많은 이야기를 꿈꾸는 사람이 되었다.

최선을 다하면 힘들잖아

아이는 밥 먹을 때마다 그림책을 본다. 처음에는 밥상에 앉아서 밥을 먹게 하려고 그림책을 보여줬는데 점점 글밥이 많아지니 힘들어지기 시작했다. 책 읽어주랴, 아이밥 먹이랴, 나도 밥 먹으랴, 힘든 것도 힘든 것이지만 아무리 책이라고 해도 좋은 식사 습관은 아닌 것 같아 하루는 아이에게 선포했다.

"우주야, 이제 우주가 조금 더 크면 밥 먹으면서 책 보는 건 그만할 거야."

"왜요?"

"밥 먹는 시간에는 밥만 먹어야지 이렇게 책을 보는 거아니야."

아이는 한껏 시무룩한 표정을 짓더니 식탁에 반쯤 기대 누워 나를 보고,

"나는 그냥 이렇게 살래요."

처음엔 잘못 들었나 했다. 내가 당황하여 "뭐라고?" 묻자, 아이가 더 또렷한 목소리로 말했다.

"나는 그냥 이렇게 살래요오."

너무 어이가 없어 웃음조차 나오지 않았다. 네 살 아이 입에서 나올 말은 아니지 않나. 혹시 내가 아이 앞에서 저런 말을 한 적이 있었나. 아닌데. 난 저런 표현을 쓴 적은 없는 것 같은데. 하지만 아이가 한 말은 왠지 너무나 익숙했다. 인정하기 싫지만 실로 내 입에서 나왔을 법한 말이 틀림없었다. 나중에 남편한테 이야기했더니 "그 말은 딱 황다경인데?" 하며 웃었다. 남편은 자주 나에게 왜 최선을 다하지 않냐고, 최선을 다하라고 말한다. 그때마다 나는 빽 소리를 지른다.

"최선을 다하란 말 좀 그만해. 난 최선을 다하는 게 싫어."

"왜?"

"최선을 다하면 힘들잖아."

최선을 다하면 힘들어서 싫다는 내 말에 남편은 허탈해하며 웃고 말았다. 무엇이든 집요하게, 마음에 들 때까지 파고드는 남편이 보기에 나는 무엇이든 대충 하는 사람이다. 남편의 평가에 딱히 반기를 들 생각은 없다. 돌아보면 실제로 '최선을 다했다'고 할 만큼 무언가를 아주 열심히 해 본 적이 별로 없다. 그냥 적당히 해도 크게 문제가 없었다. 난 무얼 하든 빠르게 해내는 편이었고, 무얼 하든 그럭저럭 봐 줄 만한 결과물을 만들어 냈다. 물론 최선을 다했다면 더 좋은 결과물이 나왔을 수도 있겠지만, 내 에너지는 그렇게까지 크지 않아 늘 적당히, 힘들지 않을 만큼만 했다. 힘든 게 너무 싫었으니까. 그런데 육아서를 입시 공부하듯 줄을 그으며 읽고, 포스트잇에 중요한 내용을 써서 벽에 붙여 두었다. 임신 때는 자연 출산을 하겠다고 매일 두 시간을 걷고, 저녁엔 한 시간씩 홈트를 했다. 출산 직전엔 무거운 몸을 이끌고 15층 계단을 서너 번을 올랐다. 출산 관련 책은 또 얼마나 열심히 읽었던가. 그렇게 열심히 준비했던 자연 출산에 실패한 후, 엄마는 그랬다.

"이제 애 키워봐라. 뭐 하나 네 뜻대로 되는 게 있을 줄 아니. 그냥 물 흐르듯 사는 거야. 상황에 맞게."

엄마의 말에 내 뜻대로 안 되는 게 어디 있냐고 마음 깊이 반발했다. 그래서 '잘'하는 게 뭔지도 모르면서 육아서를 붙들고 책에 나온 대로 아이를 키우려고 끙끙댔다. 육아는 책과 완전히 달랐다. 아이 키우는 게 왜 힘들었는지 알게 되었다. 적당한 거리와 가벼운 마음이 필요했는데 나도 모르게 그만 최선을 다해버린 거다. 최선을 다하면 힘든 법인데. 그냥 살던 대로 살았어야 했는데. 휴.

아이는 아직도 밥을 먹으면서 그림책을 읽어 달라고 한다. 하지만 적당히 대충 읽어줘서 그런 건지, 더 커서 그런 건지 아니면 내 선포가 먹힌 건지 점점 그림책을 들고 오는 횟수가 줄어들고 있다. 이제는 엄마가 했던 말이 무슨 말인지 알 것 같다. 그래, 조금 더 편하게 물 흐르듯. 조금 더 가볍게. 최선을 다하는 게 싫었던 내 모습 그대로. 엄마라고 다 잘할 필요는 없는 거니까. 이제 힘 좀 빼자.

시간이 뭐예요?

"우주야, 빨리 버튼 누르라고!"

지각할 것 같은 위기감에 아이한테 버럭 소리를 질렀다. 엘리베이터 버튼을 누르지 못하면 온갖 짜증을 내는 아이에게 버튼을 누르라고 했더니 엘리베이터에 붙은 이런저런 스티커를 구경하는데 빠져있다.

"눌렀어~어~!"

엄마의 큰소리에 화들짝 놀란 아이는 버튼을 누르며 짜증 섞인 말투로 항변했다. 아이가 놀라는 모습에 순간 미안해져 나는 굳이 하지 않아도 될 말을 짜증과 함께 늘어놨다.

"그러니까 조금만 더 서둘렀으면 좋았잖아. 엄마가 나

가자고 할 때 바로 나가면 되는데 왜 자꾸 고집을 부려. 오늘도 급하게 뛰어가야 하잖아. 어?"

그러니까 결국 엄마가 화를 내는 이유는 다 너 때문이라는 자기변명을, 아이한테 있는 짜증 없는 짜증 다 섞어 퍼부은 거다. 따지고 보면 늦은 게 꼭 아이 탓만은 아닌데. 종종걸음으로 뒤따라오는 아이를 보니 마음 한편이 무거워진다. 가장 가까이 있는 만만한 상대인 아이에게 나의 조바심과 화를 다 쏟아낸 것만 같아 두 볼이 화끈거렸다. 못났다, 정말.

직장 생활을 시작한 후로 아이한테 시간이 없다는 말을 자주 한다.

"우주야, 시간 없어. 얼른 옷 입자."

"우주야, 시간 없어. 지금 나가야 해."

"우주야! 엄마가 시간이 없다니까!"

사실 아이들은 뭐든지 오래 걸린다. 눈이 와서 신이 난 아이가 밖에 나간다고 말하면 그때부터 현관문 앞에 서기까지 족히 2~30분은 걸린다. 티셔츠에 팔 하나 끼우면서도 다른 팔 하나는 장난감을 가지고 놀기에 바쁘다. 아이를 채근해 가며 겨우 웃옷을 입혀 놓으면 그새를 못 참고 또 어디론가 뛰어간다. 다시 아이를 붙들고 바지를 입히는 동안에도 아이의 몸통은 앞으로 튀어 나가기 일보 직전이다. 바지를 입는 와중에도 눈앞에 뭔가가 보이면 있는 대로 허리를 숙여 그것을 손에 넣어야만 직성이 풀리는 게 아이다. 아이들에겐 그 잠깐, 2~3초밖에 되지 않는 시간이 영겁의 시간보다 길게 느껴지는 건지 한순간도 가만히 기다리지를 못한다. 그렇게 옷을 입히고, 양말을 신기고, 외투까지 걸치고 나서도 아이는 끊임없이 움직이며 새로운 놀잇감을 찾아낸다. 자기가 밖에 나간다고 해놓고서도 그러니 어린이집에 가는 아침 시간엔 어떻겠는가. 결국 아침마다 아이와 씨름하다가 지각하지 않기 위해 알람을 맞춰 놓기 시작했다. 띠 디디디- 알람이 울리면 "이제 아침 먹을 시간이야." 또 띠 디디디- 알람이 울리면 "이제 옷 입어야 할 시간이야." 아이는 규칙에 민감하기도 하고, 아직은 순진해서 알람이 지시하는 행위를 꼭 해야 한다고 생각하는지 고맙게도 잘 따라주고 있다.

　"엄마, 시간이 뭐예요?"

어느 날 아침, 아이가 물었다. 처음엔 시간을 어떻게 설명해 줘야 할지 적당한 대답을 찾지 못해 당황했고, 그다음엔 '시간'이라는 개념을 궁금해하는 아이가 왠지 영특한 것만 같아 기특했다. 그날 하루 종일 아이에게 시간 개념을 잘 설명해 줄 수 있는 그림책은 없는지 검색해 보기도 하고, 아이를 먼저 키운 친구들한테 시간을 어떻게 설명해 주면 좋겠냐고 조언을 구하기도 했다. 그런데 생각해 보니 아이는 시간이 도대체 뭐길래 엄마가 이렇게 자꾸 시간이 없다고 자기를 다그치는지, 바로 그게 궁금했던 것 같다. 그도 그럴 것이 아침부터 자기 전까지 항상 엄마가 하는 말이 '시간이 없어', '이제 잘 시간이야', '이제 놀 시간은 지났어' 이런 말들이니, 시간은 도대체 어떤 녀석이길래 자기를 이렇게 괴롭히나 싶었을 거다.

시간에 쫓기지 않을 때도 있었다. 아이가 길을 걷다가 돌멩이나 개미를 발견해서 걸음을 멈추면 아이의 시선이 머무는 곳에 잠시 기다려 주었다. "이건 뭐야?"라는 아이의 물음에도 찬찬히 대답해 주고, 덜 여문 손끝으로 민들레 홀씨 줄기를 꺾어 입으로 후- 하고 부는 순간을 온전히 눈에 담을 수 있었다. 때로는 내가 먼저 "우주야, 이것 좀 봐!" 하며 걸음을 멈추었다. 그때는 시간이 느릿느릿 흘러 갔다.

아이들은 부모의 시간을 먹고 자란다고들 한다. 그 말은 단지 부모가 아이들에게 모든 시간을 쏟으며 아이를 키우기 때문만은 아닌 것 같다. 아이들이란 존재 자체가 시간이 많이, 아주 많이 필요한 존재들이다. 혼자서 옷을 입는 것도, 신발을 신는 것도, 컵 하나를 한 손에서 다른 한 손으로 옮겨 식탁 위에 내려놓는 것도 많은 시간이 필요하다. 지나가는 개미를 성에 찰 때까지 구경하기 위해서도, 마음에 드는 미끄럼틀을 질릴 때까지 타기 위해서도 모두 시간이 필요하다. 아이가 스스로 자랄 수 있도록, 충분히 자랄 수 있도록 아이에게 내어줄 수 있는 시간이 많으면 좋겠다. 5분 단위로 알람을 맞춰놓고 아이를 재촉하지 않았으면 좋겠다. '엄마, 새소리가 하나도 안 들려요.'라는 아이의 발견에 잠깐 멈춰서 나무들 하나하나를 살피고 같이 하늘을 올려다볼 수 있는 여유가 있었으면 좋겠다. 다음날 출근을 걱정하며 아이와 실랑이하다 피곤함과 죄책감, 향할 곳 없는 짜증과 화를 모두 끌어안고 곯아떨어지는 것도 그만두고 싶다. 이런 이유로 어쩔 수 없이 많은 여성이 직장을 포기하는 것이 아닐까? 매일같이 일과 육아를 저울질하며, 어떻게 하면 아이와 더 많은 시간을 보낼 수 있을지 고민한다. 어떻게 하면 그 시간을 만들 수 있을까? 어떻게 하면 세상에 가진 건 시간밖에 없는 사람처럼 넉넉한 마음을 가질 수 있을까? 모르겠다. 나도 묻고 싶다.

"도대체 시간이 뭐예요? 어떻게 하면 좀 더 가질 수 있나요?"

우리는 3인 4각으로 걷고 있다

7개월간의 단축근무가 끝나고 다시 정상 출근하는 첫 날. 아침에 일어나자마자 아이가 울면서 '엄마 가지 마'와 '엄마가 데리러 와'를 반복했다. 2주 전부터 아이에게 엄마가 일하는 시간을 설명해 주고, 이제 엄마의 퇴근이 늦어지고 이전과 달라질 것이라는 이야기를 해줬다. 그때마다 싫다고 하더니 결국 아침에 일어나자마자 울음을 터뜨린 거다. 어린이집에 가지 않겠다는 아이를 겨우 다독여 잡아끌듯 등원시키고 출근하는데 마음이 무거웠다. 머릿속에 '퇴사'란 말이 뭉게뭉게 피어올랐지만, 남편 혼자 가정 경제를 지키는 건 너무 버겁기도 하거니와 나 역시 아직은 일을 그만둘 자신이 없다.

우주는 만 11개월이 되던 3월부터 어린이집에 다니기 시작했다. 그때 아이 사진을 보면 너무나 어린 아기라 내가 어떻게 이제 막 걸음마를 시작한, 말도 못 하는 아이를 어린이집에 보냈을까 아찔해진다. 하지만 그때 아이를 어린이집에 보내고 느꼈던 해방감은 이루 말할 수 없었다. 아이를 낳았을 때 다들 그랬다. 돌만 지나면 괜찮다고. 돌까지만 좀 고생하면 된다고. 그래서 아이의 돌은 마치 육아의 종착지와 같이 느껴졌다. 1년만 참으면 된다고, 아이가 돌이 되면 어린이집에 보낼 수 있고 나도 무언가 일을 시작할 수 있다고 계속 생각했다. 원했던 대로 아이가 어린이집에 가니 내 시간이 생겼고, 프리랜서로 할 수 있는 일도 조금씩 들어왔다. 얼마 만에 느껴보는 성취감인지 일을 하는 것이 마냥 즐거웠다. 그래도 아직 어린아이를 늦게까지 맡겨두는 건 마음에 걸려 가급적 5시를 넘기지 않고 하원 시키려고 종종거리며 서울과 인천을 오갔다. 아이 혼자 남아 있을까 봐 전전긍긍하며 어린이집에 도착해 초인종을 누르고 숨을 몰아쉬던 날들, 초인종 소리가 들리면 엄마인지 쫑긋 귀를 기울였다 실망하기를 반복하고, 엄마가 나타나면 세상에서 가장 행복한 미소로 나를 맞이하는 아이를 꼭 안아주던 날들이 계속되었다. 아이만 키울 때보다 몸과 마음은 지치고 힘들었지만, 하루의 일이 끝난 후 만난 아이와 동네 여기저기를 누비며 함께 보냈던 시간은 지금도 나에겐 아주 좋은 기억으로 남아있다. 하지만 아이에게는 엄마와 떨어져 있었던 시간이 절대적으로 길게 느껴졌을 것이다.

많은 육아 관련 책에서 생후 처음 3년간은 아이가 엄마와 있는 게 좋다는 글을 마주하곤 했다. 그때마다 요즘 부모들의 상황은 반영되지 않은, 실현 불가능한 이야기라고 치부하며 애써 무시하곤 했다. 하지만 아이를 키울수록 아이가 엄마와 온전히 함께 보내야 하는 시간이 충족되지 않아 유난히 나한테 매달리는 것 같다는 생각이 들기 시작했다. 아이가 어렸을 때 조금만, 아주 조금만 더 함께 있어 줬다면 달라지지 않았을까. 엄마와 떨어지기 힘들어하는 것이 그저 아이의 특성일 수도 있다는 걸 알면서도 자꾸 그런 생각이 드는 것을 멈출 수가 없다.

"엄마 가지 마요. 아빠 혼자 용돈 벌라고 해요."

이제 돈을 벌기 위해서 일을 해야 한다는 것을 어렴풋이 알게 된 아이가 울면서 매달렸다. 어떻게든 나와 떨어지고 싶지 않아 내 다리에 찰싹 달라붙은 아이의 작은 몸을 떼어낸 그날, 종일 바닥만 보고 걸었다. 일을 그만둬야 하는 걸까. 아이와 더 많은 시간을 보내면서 할 수 있는 일은 없을까. 그런 일이 무엇일까. 내가 무엇을 할 수 있을까. 아마도 아침에 동동거리며 아이의 발걸음을 재촉해 겨우 등원시키고 출근하는 많은 엄마들이 나와 비슷한 고민을 하고 있을지 모르겠다.

아이가 처음으로 어린이집에 갔을 때, 선생님이 카톡으로 보내온 사진이 생각난다. 사진 속에서 아이는 웃고 있었지만, 그 웃음은 내가 한 번도 본 적 없는 웃음이었다. 아이는 낯선 곳에서 낯선 사람들에 둘러싸여 마지못해 웃고 있었다. 그때는 매일 선생님이 보내주는 아이 사진을 볼 때마다 아이가 안쓰러워 사진을 오래 보고 있을 수가 없었다. 돌이켜보면 나와 남편만 애쓰고 있는 게 아니었다. 아이가 생기고 우리 두 사람은 매일매일 쫓기듯 허덕이며 살아가고 있다고 생각했는데, 우리 옆에서 아이도 우리보다 훨씬 더 작은 몸으로 엄마, 아빠의 생활에 맞춰 애쓰고 있었다. 그동안 육아는 남편과 나의 2인 3각 경기라고만 생각해 왔는데 아니었다. 우리는 그동안 계속 3인 4각으로 걸어오고 있었다. 때로는 넘어지고 때로는 서로를 비난하고 때로는 서로를 격려하고 응원하면서. 아직 너무 작은 아이에게 엄마, 아빠의 걸음에 맞춰달라고 하는 것만 같아 미안하지만 우리는 3인 4각 한 팀이라고 생각하니 한결 마음이 가벼워진다. 그래, 우리 같이 조금만 더 힘내보자. 지금까지 잘 해왔으니까, 앞으로도 괜찮을 거야.

다시 꿈꾸는 인생 2막

어렸을 때부터 늘 뭔가가 되고 싶었다.

화가, 변호사, 천문학자, 심리학자 그리고 철학자를 거쳐 영화감독이라는 꿈에 이르렀고, 그 꿈은 오랫동안 바뀌지 않았다. 고등학교 시절부터 대학을 졸업할 때까지 영화를 찍었다. 돌아보면 일기나 다름없었던 몇 편의 짧은 영화를 만들며 마치 꿈을 이룬 것처럼 들떠있었다. 영화를 만드는 일은 늘 힘들었지만 동시에 짜릿했다. 글로 옮겨진 나의 세계가 내 눈앞에서 살아 움직이며 완성되어 가는 것을 보는 건 무척 흥분되는 일이었다. 그러나 졸업을 앞두고 결단을 내려야 했다. 영화를 계속할 것인가, 말 것인가. 학교 다니는 내내 따라오던 질문이었다. 마지막 졸업 영화를 끝으로 나에겐 재능이 없다는 것을, 혹독한 '영화판'에 들어가 견딜 자신이 없다는 것을 인정하며 오랜 질문에 마침표를 찍었다. 졸업하며 영화보다 더 재미있고, 더 의미 있는 일을 해야겠다고 생각했다. 운 좋게 20대 중반부터 30대 중반까지 약 10년간 좋아하는 일을, 아주 즐겁게 할 수 있었다. 다양한 연령과 계층의 사람들을 만나며 몰랐던 세계를 배우고, 나의 세계를 조금씩 넓혀 나갔다.

꿈이 직업이 되는 나이는 지나버렸지만, 일을 하면서 새로운 꿈이 생기기도 했다. 돌봄이 필요한 아이들 누구나 편하게 오갈 수 있는 마을 학교를 만들고 싶다는 꿈, 동네 사랑방 같은 곳을 만들어 유기묘를 거두고 미디어교육과 생태교육을 하고 싶다는 꿈. 누군가에게 선한 영향을 주면서 의미 있는 삶을 살고 싶다는 꿈 뒤에는 영향력을 가진 특별한 사람이 되고 싶다는 욕망이 존재했다. 수의사가 되고 싶다고 생각한 것도 다르지 않았다. 그런 욕망을 품에 안은 채 20대를 지나 30대를 건너고 있었다. 30대의 끝자락, 내가 다다른 곳에는 꿈꾸던 내가 없었다. 그곳엔 아이의 침과 콧물이 덕지덕지 묻은 추레한 옷을 입고 아이 뒤를 따라다니는 내가 시들해진 모습으로 서 있었다. 영향력을 가진 사람이 되고 싶다는 바람처럼 한 아이에게 어마어마한 영향력을 가진 존재가 되었지만, 그것은 기쁘기보다 무섭고 불안한 일이었다.

아이는 사랑스럽고 아이의 성장을 지켜보는 것은 놀라운 일이었지만 그것이 나를 살리지는 못했다. 나는 자꾸만 시들어 가는 것 같았다. 옆에서 뭔가를 하나씩 이뤄가는 친구들을 볼 때면 축하하는 마음 뒤로 못난 질투심이 솟아났다. 다행히도 그 질투심 덕분에 아이에게 내 욕망을 투사하는 대신, 나 스스로 살아나기 위해 아등바등하는 시간을 보냈다.

아이가 20개월 정도 되었을 무렵부터 글쓰기 수업과 모임에 참여했다. 글쓰기가 가진 치유의 힘은 생각보다 강력했다. 글을 쓰면서 '나'라는 존재를 멀리서 바라볼 힘이 생겼고, 내 안에 뭉쳐진 응어리들이 조금씩 풀리는 것을 느낄 수 있었다. 나름 창작 활동이라 그런지 오랜만에 무언가를 만들어 내는 재미도 쏠쏠했다. 주변의 모든 것이 이야기가 될 수 있다는 사실을, 한숨과 함께 사라져 버리는 것 같은 하루하루가 활자에 담기면 특별해질 수 있다는 사실을 글을 쓰며 알았다. 글을 쓰기 위해 순간순간의 감정과 생각에 더 집중하게 되었고, 텅 비어버린 것 같던 마음이 여러 가지 색깔로 채워졌다. 글쓰기 근육을 키우고 싶어 시작한 글쓰기 모임에서 나와 비슷하면서 다른, 각양각색의 이야기들을 만나게 되었다. 말 그대로 글쓰기는 나를 새로운 세상으로 데리고 갔다.

어느덧 40대가 되었다. 아이를 키우며 일을 하는 엄마로 살기 시작한 지는 이제 3년을 꽉 채워 간다. '수의사가 되어 새로운 인생 2막을 펼쳐보겠다'며 직장을 그만뒀던, 호기로움이 가득했던 마음에는 이제 '어떻게 하면 아이와 더 많은 시간을 함께 보낼 수 있을까'라는 고민이 들어섰다. '무엇'이 되고 싶어 간절한 마음 대신 '어떻게' 아이와 함께 시간을 보내면서도 좋아하는 일을 오랫동안 할 수 있을까, 하는 질문이 나를 움직이게 한다. 집에서 직장까지는 지하철로 왕복 세 시간이 걸린다. 그 지하철 안에서 책을 읽고, 파편처럼 흩어져 있는 생각들을 메모하고, 잠시 머리를 기대고 잠을 자고, 어떤 날은 구직사이트에 접속해

집 근처 아르바이트를 검색한다. 왕복 3시간 동안 지하철은 나만의 방이다. 매일 그 방에서 앞으로 다가올 40대 중반 그리고 50대를 상상한다. 세상과 단절되는 것이 무서워 무엇이든, 일만 하면 된다고 간절하게 바라던 초보 엄마는 이제 두려움 대신 설렘을 가득 품고 새로운 인생 2막을 그려본다. 거기에는 누가 봐도 그럴싸한 직업을 가진, '무엇'이 되어 있는 내가 아니라 아이와 소소한 하루하루를 공유하며, 작은 보폭으로 한 걸음 한 걸음을 내딛는 내가 있다.

너는 나의 깜짝 선물

지하철 환승역, 손에 들고 있던 전자책 뷰어를 가방에 넣으려고 지퍼를 열었다. 뷰어를 밀어 넣으려는데 가방 안쪽에 동그란 돌멩이 두 개가 나란히 붙어있는 모습에 그만 웃음이 나고 말았다. 야근하고 축 처져 돌아가는 길, 예상치 못한 아이의 흔적에 마음이 뭉근해졌다.

아이는 자주 이곳저곳에 자기의 흔적을 남겼다. 나에게 안겨 살다시피 했던 아기 때는 늘 티셔츠 어깨 부위에 침을 흥건하게 묻혀놨고, 뭔가를 '넣는' 행위에 몰두하던 돌 무렵에는 넣을 수 있는 곳이라면 가리지 않고 뭐든지 넣었다. 어린이집 가방 안에 장난감이 가득 들어있거나, 쓰레기통에 내가 버리지 않은 것들이 고개를 내밀고 있기도 했다. 내 가방 속에서도 아이의 물건들이 나왔다. 때로는 장난감 자동차가, 때로는 버리려고 돌돌 말아둔 아이의 불룩한 기저귀가 깜짝 선물처럼 가방 안에서 조용히 숨죽이고 나를 기다리고 있었다. 한번은 1박 2일로 춘천 여행을 다녀와서 짐을 정리하는데 가방에 하얀 플라스틱 그릇이 들어있었다. 그릇을 요리조리 돌려가며 한참을 쳐다봤다. 어디서 많이 본 그릇인데, 뭐지, 이상하네, 하는 순간 식당에서 아이가 테이블 한쪽에 쌓여있던 그릇과 숟가락 따위를 가지고 놀던 장면이 떠올랐다. 아이와 함께 갔던 춘천 닭갈비 식당, 내가 다른 사람들과 이야기하느라 정신 없던 사이 아이는 가지고 놀던 그릇을 가방에 넣은 모양이었다.

아이가 조금 크고 나서는 출근하는 나에게 선물이라며 종종 자기 물건을 내밀었다. 자기가 준 선물을 주머니에 꼭 넣어두고 자기가 보고 싶을 때마다 보라는 주문과 함께. 아이는 그것이 나와 자기를 연결해 주는 것이라고 말했다. 그렇게라도 나와 떨어지고 싶지 않았던 아이는 어떤 날은 마음도 주겠다고 가슴팍에서 작은 손으로 하트모양을 만들어 보여주었다. 선물은 각양각색이었다. 어떤 날은 구슬, 어떤 날은 자석 블록 한 조각, 어떤 날은 자기가 아끼는 인형, 어떤 날은 산에서 주워 온 도토리, 어떤 날은 변신 미니 자동차.

아이에게 고맙다고 인사를 하고 주머니에 대충 넣어둔 작은 선물은 하루 종일 아이가 주문한 역할을 하지 못하는 경우가 많았다. 하지만 무심코 주머니에 손을 넣었다가 만져지는 물건에 나는 생각보다 많이 위로받았다. 아이 말대로 선물 덕분에 아이와 연결될 수 있었다. 하루 종일 컴퓨터 앞에서 딱딱하게 굳어있던 얼굴과 어깨가 부드럽게 펴졌다.

아이가 처음으로 나에게 꽃을 선물하던 날은 잊지 못한다. 발그레하게 상기된 볼을 하고 아빠와 산책길에 꺾은 들꽃을 나에게 내밀었다. 생각지도 못했던 아이의 꽃 선물에, '엄마가 얼마나 좋아할까?' 잔뜩 기대를 품은 아이 얼굴에, 그만 눈물이 핑 돌았다. 하지만 처음엔 감동이던 것이 매일 반복되고 집 안 곳곳에 처치 곤란한 것들이 쌓여가니 점점 난감해지기 시작했다. 아이가 선물이라고 가져

온 빨간 열매는 곧 주글주글 시들어 쓰레기가 되었고, 사방에 부스러기를 떨어뜨리는 갈대는 병에 꽂으면서도 한숨이 나왔다. 하지만 아이에게 내색할 수는 없는 노릇이었다. 그날도 아이는 어김없이 밖에서 꺾은 꽃과 풀 한 뭉치를 손에 들고 집에 왔다. 조금 지쳐있었던 나는 아이의 기대만큼 크게 호응해 주지 못했다. 나의 밋밋한 반응을 본 남편은 아이가 밖에서 노는 두 시간 내내 한 손에 그것을 꼭 쥐고 있었다고, 엄마에게 가져다줄 것이니 자기가 들겠다며, 아빠한테 맡기라고 해도 자기 손에 꼭 쥐고 놓지 않았다고 알려줬다.

아이는 항상 모든 것에, 매 순간에 진심이었다. 강아지풀만 보면 꺾기 바빴던 때, 아이는 길가에 수없이 피어있는 강아지풀 중에 가장 마음에 드는 두 개를 고르기 위해 오랫동안 쪼그리고 앉아 고심했다. 양손에 하나씩 쥐어야 하는 강아지풀을 절대 대충 고르는 법이 없었다. 아마 나에게 주겠다고 꺾은 꽃과 풀도 그냥 대충 꺾은 게 아니었을 거다. 분명히 자기 눈에 가장 예뻐 보이는 것을 고르고 골라 덜 여문 손으로 조심스레 꺾어 손에 쥐었을 거다. 엄마가 얼마나 좋아할까, 기대하면서.

처음에는 설레고 소중하게 느껴지던 많은 것들이 익숙해짐과 동시에 아무것도 아닌 것이 되어버린다. 아이를 처음 품에 안아보던 날의 감동과 애틋함은 어느 순간 현실 육아의 괴로움에 잊히고 말았다. 아이를 향해 한숨을 쉬는 횟수가 많아질 무렵, 아이와의 하루하루를 기록하기 시작했다. 별거 아닌 평범한 일상의 순간순간이 종이 위에 채워지며 조금 다른 의미를 갖기 시작했다. 부족한 엄마의 반성문이 대부분이었지만 글을 쓰는 시간만큼은 마음에도 쉼과 여유가 생겼다. 아이가 무심코 던지는 말, 아이와 함께 보낸 소소한 하루, 아이를 키우며 드는 수만 가지 생각들. 그 기록들이 모이고 모여 한 권의 책으로 나오게 되었다. 이 책은 아이가 나에게 선사해 준 가장 놀라운 일 중 하나다.

깜짝 선물처럼 나에게 찾아온 아이는 여전히 나에게 놀라운 순간들을 많이 선사한다. 아이가 나에게 주는 선물 같은 하루하루, 그 귀한 날들에 쉽게 익숙해지지 말자고 다시 한번 다짐한다. 아이와 함께하는 몽글몽글한 시간이 너무도 빠르게 흘러감을, 이제는 안다.

우리는 3인 4각으로 걷고 있다

서툰 엄마의 어떤 고백

초판 1쇄 발행 2023년 10월 23일

지은이   황다경

펴낸곳 공출판사 | 펴낸이 공가희 | 편집 공가희
출판등록 2018년 8월 31일(제2018-000019호) | 주소 충남 당진시 면천면 동문1길 8-1
전화 070-8064-0689 | 팩스 0303-3444-7008 | 전자우편 thekongs@naver.com
홈페이지 kongbooks.com | 인스타그램 @kong_books

ISBN 979-11-91169-13-3 03810